정치소설 서사건국지

정치소설 서사건국지

: 빌헬름 텔의 스위스 건국담 국한문

정저 저

박은식 역

윤영실 옮김

발간사

숭실대학교 한국기독교문화연구원은 1967년 설립된, 명실공히 숭실대학교를 대표하는 인문학 연구원으로 발전하여 오늘에 이르렀다. 반세기가 넘는 역사 동안 다양한 학술행사 개최, 학술지『기독교와 문화』(구『한국기독문화연구』)와 '불휘총서' 30권 발간, 한국기독교박물관 소장 자료의 연구에 주력하면서, 인문학 연구원으로서의 내실을 다져왔다. 2018년에는 한국연구재단의 인문한국플러스(HK+) 사업 수행기관으로 선정되어 또 다른 도약의 발판을 마련하였다.

본 HK+사업단은 "근대 전환공간의 인문학, 문화의 메타모포시스"라는 아젠다로 문학과 역사와 철학을 아우르는 다양한 인문학 연구자들이 학제간 연구를 진행하고 있다. 개항 이래 식민화와 분단이라는 역사적 격변 속에서 한국의 근대(성)가 형성되어온 과정을 문화의 층위에서 살펴보는 것이 본 사업단의 목표이다. '문화의 메타모포시스'란 한국의 근대(성)가 외래문화의 일방적 수용으로도, 순수한 고유문화의 내재적 발현으로도 환원되지 않는, 이문화들의 접촉과 충돌, 융합과 절합, 굴절과 변용의 역동적 상호작용을 통해 형성되었음을 강조하려는 연구 시각이다.

본 HK+사업단은 아젠다 연구 성과를 집적하고 대외적 확산과 소통을 도모하기 위해 총 네 분야의 총서를 발간하고 있다. 〈메타모포시스 인문학총서〉는 아젠다와 관련된 연구 성과를 종합한 저서나 단독 저서로 이뤄진다. 〈메타모포시스 번역총서〉는 아젠다와 관련하여 자료적 가치를 지닌 외국어 문헌이나 이론서들을 번역하여 소개한다. 〈메타모포시스 자료총서〉는 숭실대 한국기독교박물관에 소장된 한국 근대 관련 귀중 자료들을 영인하고, 해제나 현대어 번역을 덧붙여 출간한다. 〈메타모포시스 교양문고〉는 아젠다 연구 성과의 대중적 확산을 위해 기획한 것으로 대중 독자들을 위한 인문학 교양서이다.

본 사업단의 연구가 진행되는 가운데 새로운 총서 시리즈인 〈근대계몽기 서양영웅전기 번역총서〉를 기획하였다. 1907년부터 1911년까지 집중적으로 출간된 서양 영웅전기를 현대어로 번역하여 학계에 내놓음으로써 해당 분야의 연구 자료로 제공하자는 것이 기획 의도이다.

총 17권으로 간행되는 본 시리즈의 영웅전기는 알렉산더, 콜럼버스, 워싱턴, 넬슨, 표트르, 비스마르크, 빌헬름 텔, 롤랑 부인, 잔 다르크, 가필드, 프리드리히, 마치니, 가리발디, 카보우르, 코슈트, 나폴레옹, 프랭클린 등 서양 각국을 대표하는 인물이다. 1900년대 출간 당시 개별 인물 전기로 출간된 것도 있고 복수의 인물들의 약전으로 출간된 것도 있다. 이 영웅전기는 국문이나 국한문으로 표기되어 있는데, 국문본이어도 출간 당시의 언어로 표기되어 있으므로 지금 독자가 읽기에는 다소 어려울 것으로 예상된다. 이에 원문을 현대어로 번역하고, 원자료를 영인하여 첨부함으로써 일반 독자는 물론 전문 연구자에게도 연구 자료로 제공하고자 했다. 현대어 번역은 해당 분야 전문가의 도움을 받았다. 본 시리즈가 많은 독자와 만날 수 있도록 애써 주신 연구자들께 감사드린다.

    동양과 서양, 전통과 근대, 아카데미즘 안팎의 장벽을 횡단하는 다채로운 자료와 연구 성과를 집약한 메타모포시스 총서가 인문학의 지평을 넓히고 사유의 폭을 확장하는 데 기여할 수 있기를 기대한다.

2025년 3월
숭실대학교 한국기독교문화연구원 HK+사업단장
장경남

차례

일러두기

01. 번역은 현대어로 평이하게 읽힐 수 있는 것을 원칙으로 하였다.

02. 인명과 지명은 본문에서 해당 국가의 발음을 한글로 표기하고 각주에서 원문의 표기법과 원어 표기법을 아울러 밝혔다. 역사적 실존 인물인 경우 가급적 생몰연대도 함께 밝혔다.

    예) 루돌프(羅德福/ Rudolf Ⅰ, 1218~1291)

03. 한자는 꼭 필요한 경우 괄호 안에 병기하였다.

04. 단락 구분은 원본을 기준으로 삼되, 문맥과 가독성을 위해 필요한 경우 번역자가 추가로 분절하였다.

05. 문장이 지나치게 길면 필요에 따라 분절하였고, 국한문 문장의 특성상 주어나 목적어 등 필수성분이 생략되어 어색한 경우 문맥에 따라 보충하여 번역하였다.

06. 원문의 지나친 생략이나 오역 등으로 인해 그대로 번역했을 때 의미가 잘 전달되지 않는 경우 번역자가 [ ] 안에 내용을 보충하여 번역하였다.

07. 대사는 현대의 용법에 따라 " "로 표기하였고, 원문에 삽입된 인용문은 인용 단락으로 표기하였다.

08. 총서 번호는 근대계몽기 영웅 전기가 출간된 순서를 따랐다.

09. 책 제목은 근대계몽기에 출간된 원서 제목을 그대로 두되 표기 방식만 현대어로 바꾸고, 책 내용을 간결하게 풀이한 부제를 함께 붙였다.

10. 표지의 저자 정보에는 원저자, 근대계몽기 한국의 번역자, 현대어 번역자를 함께 실었다. 여러 층위의 중역을 거친 텍스트의 특성상 번역 연쇄의 어떤 지점을 원저로 정할 것인지가 문제였다. 일단 근대계몽기 한국의 번역자가 직접 참조한 판본부터 거슬러 올라가면서 번역 과정에서 많은 개작이 이뤄진 가장 근거리의 판본을 원저로 간주하고, 번역 연쇄의 상세한 내용은 각 권 말미의 해설에 보충하였다.

서(序)

    무릇 소설이란 사람을 감화시키기 가장 쉽고 사람을 빠져들게 함이 가장 깊어서 풍속 수준과 교화 정도에 관계가 매우 크다. 그러므로 서양 철학자가 말하되 그 나라에 들어가 어떤 종류의 소설이 유행하는지를 물으면 그 나라의 인심풍속과 정치사상이 어떠한가를 볼 수 있으리라 하였다. 이 말이 참으로 옳구나. 그런 까닭에 영국, 프랑스, 독일, 미국 각국에 학교가 수풀처럼 세워지고 도서관이 구름처럼 많아져 백성을 일깨우는 모든 진화의 방법이 다 이뤄졌으나 오히려 소설의 선본(善本)으로 보통 사람을 깨우치는 수단과 독립 자유의 대표로 삼는 데 더욱 [힘쓴]다. 동양의 일본도 유신 시대에 일반 학사(學士)[1]가 모두 소설에 분주하게 힘을 기울여 국성(國性)을 배양하고 민지(民智)를 깨우쳐 인도하였으니 그 공이 또한 위대하지 않은가.

    우리 한(韓)은 이전까지 소설의 선본이 없어서 우리나라 사람이 지은 바로는 『구운몽』과 『남정기』[2] 몇 종에 불과하고, 지나(支那)에서 건너온 것은 『서상기』[3], 『옥린몽』[4], 『전등신화』[5], 『수호지』 등이

---

1) 학사(學士): 사전적으로 학자, 대학 졸업자, 옛날 관직명 등을 뜻하지만, 이 글에서는 지식인 정도의 의미로 쓰였다. 이하에 나오는 학사대부(學士大夫) 역시 마찬가지다.
2) 『남정기』(南征記): 조선 시대의 문신이자 소설가인 김만중의 한글 소설 『사씨남정기』(謝氏南征記)를 가리킨 것이다.

요, 국문소설은 소위 『소대성전』[6]이니 『소학사전』[7]이니 『장풍운전』[8]이니 『숙영낭자전』[9] 같은 종류가 세간에 성행하여 보통 사람들의 소일거리[10]를 제공한다. 이들은 모두 황당무계하고 음탕하며 상

3) 『서상기』(西廂記): 원대의 희곡으로 왕실보(王實甫, 생몰년 미상)의 작품이다. 장생(張生)과 앵앵(鶯鶯)의 사랑 이야기를 담은 재자가인담으로 뛰어난 심리묘사와 구성으로 문학성이 높다고 평가받는다.

4) 『옥린몽』(玉麟夢): 조선 숙종과 영조 때의 문인 이정작(李庭綽)이 지은 장회(章回) 소설. 중국 송(宋)나라를 배경으로 범(范) 공자와 그의 두 처인 유(柳) 부인과 여(呂) 부인 사이의 갈등을 그린 가정소설이다. 박은식이 『옥린몽』을 중국 소설로 본 것은 착오인데, 소설이 송나라를 배경으로 한 데서 비롯된 오해이거나 혹은 『홍루몽』(紅樓夢) 등 비슷한 제목의 중국소설과 착각한 것으로 보인다.

5) 『전등신화』(剪燈新話): 1378년경 중국 명(明)나라 구우(瞿佑)가 지은 전기체(傳奇體) 형식의 단편소설집. 당(唐)나라 전기(傳奇) 소설을 본떠 고금의 괴담과 기문(奇文)을 엮은 것이다.

6) 『소대성전』(蘇大成傳): 작자와 연대 미상의 고전소설. 동해 용왕의 아들이 적강하여 초년에 온갖 고생을 겪다가 중국에서 오랑캐와의 전쟁에 큰 공을 세우고 행복을 찾는다는 전형적인 영웅전기이다. 박은식의 서에는 『蕭大成傳』으로 표기되어 있으나 일반적으로 『蘇大成傳』로 쓰인다.

7) 『소학사전』(蘇學士傳): 중국 명(明)나라 때 소설인 『소지현나삼재합』(蘇知縣羅衫再合)을 한국적으로 번안한 『소운전』(蘇雲傳)을 다시 개작한 작품이다. 도적의 공격으로 가족이 뿔뿔이 흩어진 후 도적의 양자로 자라던 소학사(蘇學士)가 성장하여 출생의 비밀을 밝히고 우여곡절 끝에 가족과 재회하며 나라에도 공을 세운다는 이야기다.

8) 『장풍운전』(張風雲傳): 작자와 연대 미상의 고전소설. 중국 송(宋)나라를 배경으로 장풍운의 영웅적 일대기를 그렸다. 어릴 적 부모와 헤어진 장풍운이 광대패를 따라다니거나 상인의 활동이 부각되는 등 영웅소설 해체기의 특징을 보인다고 평가된다.

9) 『숙영낭자전』(淑英娘子傳): 작자와 연대 미상의 고전소설. 조선 세종(世宗) 때 숙영(淑英) 낭자가 남편 백선군(白仙君)이 과거를 보러 간 사이 하녀인 매월(梅月)의 모략을 받고 자결하지만, 급제한 백선군이 돌아와 매월을 처단하고 선약(仙藥)으로 다시 살려 행복하게 살다가 신선(神仙)이 되었다는 이야기다.

10) 소일거리: 원문은 '菽粟茶飯'. 콩, 조, 차, 밥으로 먹을거리를 통칭한 것이다.

식에서 벗어나 인심을 방탕하게 하고 풍속을 무너뜨리기 충분하여 정교(政敎)와 세도(世道)에 해로움이 적지 않다. 만약 세계 여러 나라의 물정을 살피는 자[11]에게 우리나라에서 현재 유행하는 소설 종류에 대해 물으면 그 풍속과 정교가 어떻다고 말하겠는가.

학사대부(學士大夫)는 이런 긴요한 일에 태만하여 주의를 기울이지 않고, 학문가가 으뜸으로 삼는 것은 성리(性理) 토론의 호락(湖洛)[12] 경쟁과 의례 문답의 잠사우모(蠶絲牛毛)[13]뿐이며, 과거 공부하는 이들이 암송하는 것은 소자첨[14]의 「적벽부」[15]와 신광수[16]의 「관산융마」[17]뿐이다. 묻노니 이런 공부가 국성과 민지에 어떤 이

이 글에서는 지적 영양분 정도의 의미로 사용되었다.

11) 세계 여러 나라의 물정을 살피는 자: 원문은 '世之覘國者'. '覘國'이란 사신으로 다른 나라에 가서 인심풍속과 물정(物情)을 살피는 것을 일컫는다.

12) 호락(湖洛)논쟁: 18세기 초에 인성(人性)과 물성(物性)의 동질성 여부에 대하여 벌어진 논쟁을 일컫는다.

13) 잠사우모(蠶絲牛毛): 蠶은 蠶의 간체자다. 고치실과 쇠털이라는 뜻으로, 일의 가닥이 많고 어수선함을 비유적으로 이르는 말이다.

14) 소자첨(蘇子瞻): 북송 때 문장가인 소식(蘇軾, 1037~1101)을 일컫는다. 자첨(子瞻)은 자(字)이고 호는 동파거사(東坡居士)였다. 흔히 소동파(蘇東坡)라고 부른다.

15) 「적벽부」(赤壁賦): 북송 말의 문인 소동파가 1082년에 귀양을 가서 쓴 작품으로 「전적벽부」와 「후적벽부」 두 가지가 전한다. 한국에는 「전적벽부」가 판소리 등으로 수용되어 널리 영향을 끼쳤다. 소동파가 적벽강에서 벗 양세창과 술잔을 기울이며 뱃놀이를 하던 중 조조의 대군과 오나라의 대군이 일전을 겨룬 적벽대전을 회상하고 비탄감을 토로하다가 달관으로 자연의 아름다움과 인생의 허무함을 노래하며 마무리된다.

16) 신광수(申光洙, 1712~1775): 조선 영조 때의 문신. 자는 성연(聖淵). 호는 석북(石北)·오악산인(五嶽山人). 서화(書畫)에 뛰어났으며, 저서에 『부해록』(浮海錄), 『석북집』(石北集) 등이 있다.

17) 「관산융마」(關山戎馬): 서도 지역에서 불린 시창으로, 석북(石北) 신광수가 1746년에 지은 한시 「등악양루탄관산융마」(登岳陽樓歎關山戎馬)를 노랫말로 한다.

익이 있는가. 오히려 이런 것들을 예속(禮俗)이니 문치(文治)니 하며 자화자찬하고 세계 각국의 실지(實地) 학문과 실지 사업은 경시하고 배척하니 또한 어리석지 않은가. 오늘날의 경쟁 시국을 맞이하여 국력이 고갈되고 국권이 추락하여 결국 타인의 노예가 된 원인은 곧 우리 국민의 애국 사상이 천박하기 때문이다. 남들과 똑같이 둥근 얼굴과 모난 발을 지닌 인간이요,[18] 학식을 갖춘 족속[19]으로서 홀로 애국사상이 천박한 것은 첫째도 학사대부의 죄요, 둘째도 학사대부의 죄다.

내가 근래에 동지를 대하여 소설 저작을 의논하였으나 현재 신문사에 근무하므로 겨를이 전혀 없을 뿐 아니라 소설을 저작할 기량과 능력도 부족하였다. 뜻을 품고도 이루지 못하여 깊이 개탄하다가 이로 인해 가벼운 병에 걸려 쇠약해진 채 침상에 누운 지 십여 일이 되었다. 정신의 혼몽함이 심하지 않을 때 낡은 상자에서 채 읽지 못한 책을 꺼내 읽다가 중국 학가(學家)의 정치소설 『서사건국지』 한 권을 얻고 며칠 만에 다 읽으니 병을 거의 잊어버렸다.

무릇 스위스는 유럽대륙의 중앙에 위치하며, 강역은 15,976평방마일[20]이요, 인구는 3,119,635명에 불과한 작은 나라다. 서력 12세기, 즉 중국 원나라 원정(元貞) 연간에 강린(強隣) 게르만에 점령

---

18) 둥근 얼굴과 모난 발을 지닌 인간이요: 원문은 '圓顱方趾', '둥근 머리와 모난 발뒤꿈치'라는 뜻으로 '인류'를 이르는 말이다.
19) 학식을 갖춘 족속: 원문은 '冠帶之族'. 관과 띠는 관리의 제복으로 '관대'는 지식인, 문인, 벼슬아치 등을 일컫는다.
20) 평방마일: 원문은 方英里. 15,976 평방마일(mi²)은 약 41,378㎢로 오늘날 스위스 면적인 41,285㎢에 근접한다.

당하여 무한한 압박을 받고 백성이 도탄에 빠졌다. 우마(牛馬)가 되고 노예가 되어 거의 인간의 도리가 끊어질 지경이었다. 그러나 황천이 스위스 인민을 내버려 두지 않으시고 독립 자유를 회복할 일대 영웅을 탄생케 하시니 빌헬름 텔이 그 사람이다. 농사꾼 출신인 [빌헬름 텔이] 팔뚝을 걷어붙이고 한번 부르니 국민이 떨쳐 일어나, 마침내 타국의 굴레를 벗고 만년 불후(不朽)의 공화정치를 세웠다. 서양에서 천지를 진동시킨 나폴레옹[21]과 워싱턴[22]의 공적이 실로 빌헬름 텔의 꽃다운 전철(前轍)을 답습한 것이다. 오늘날 서양의 문명 제도가 모두 스위스를 시작점으로 삼고 적십자회와 만국공회와 교통·우체국 등 다양한 [제도가] 스위스를 맹주로 삼으니, 그 나라가 세상에 끼친 혜택이 어찌 멀리까지 미치지 않겠는가. 후대의 세상에서 이 『서사건국지』를 읽는 자라면 그 누가 애국 사상과 구민 혈심(血心)을 분발하지 아니하리오.

이에 내가 병을 이겨내고 바쁜 일을 제쳐둔 채 국학문을 섞어 역술(譯述)을 마친 후 이를 인쇄하여 널리 퍼뜨려 우리 동포의 평소 읽을거리를 제공하였다. 생각건대 우리 국민이 과거부터 전해온 여러 종류의 소설을 모두 동각(東閣)에 밀쳐두고 그 대신 이런 전기(傳奇)가 세간에 유행하면 지혜를 깨우쳐 진화하는 데 확실히 도움이 될 것이다. 후일 우리 한(韓)도 저 스위스와 같이 열강 사이에 우뚝하게 자리 잡고 독립 자주를 견고히 하면 우리 동포의 생활이

---

21) 나폴레옹(拿破倫, Napoléon Bonaparte, 1769~1821)
22) 워싱턴(華盛頓, George Washington, 1732~1799)

이 지옥을 벗어나 천국에 오르리니 어찌 즐겁지 않겠는가. 이 목적을 달성하고자 하면 오로지 이 애국의 뜨거운 마음으로 단결하여야 할 것이다.

대한 광무 11년 7월 겸곡산인(謙谷散人) 서(序)

서사건국지 목록

제1회. 이국 관헌 해독이 백성에게 미치니, 밭 가는 사내도 애국심을 지니다.(異國官毒下害民手 耕田佬大有愛國心)

제2회. 처자식과 한뜻으로 국사를 담화하고, 친구들과 더불어 민권 회복 맹세하다.(對妻兒同心談國事 與朋友矢誓復民權)

제3회. 악한 병사 세력 믿고 밭 가는 소 빼앗으니, 애국지사 격문 돌려 인마(人馬)를 소집하다.(殘忍兵恃勢奪耕牛[23] 愛國士傳檄招人馬)

제4회. 조각배에 올라서 거센 풍파 헤쳐 가고, 노래 불러 간곡히 군중 마음 격려하다.(駕扁舟乘風波巨浪 唱歌曲苦口勵群心)

제5회. 아르놀트 모병(募兵) 위해 두 개 강을 건너고, 발터는 부친 따라 장터를 지나가다.(亞魯拿募兵渡二河 華祿他隨父過市鎭)

제6회. 모자를 높이 걸어 인민에게 절 시키니, 나무 기둥 부러뜨려 부자가 체포되다.(懸冠冕人民須下拜 折木柱父子被擒拿)

제7회 과일 쏘기 명령 빌어 영웅 죽일 모의하고, 노 젓는 배를 얻어 천심(天心) 호걸 구하다.(命射果假手殺英雄 求棹舟天心救好漢)

제8회 위험 벗은 기세 타서 적의 신하 주살하고, 시기 좋아 의거하여 옛 나라 회복하다.(脫危險乘勢誅賊臣 趁時機擧義恢舊國)

---

23) 牛: 원문에는 누로 되어 있으나 오식이다. 중국어본에 따라 '耕牛로 바로잡아 번역했다.

제9회 대사를 성공시켜 공화국을 세우고, 중흥을 이룩하여 상하
　　평등 권리 얻다.(成大事共和立國政　奠中興上下得平權)
제10회 위인을 제사하며 만민 큰 덕 노래하고, 동상을 건립하여
　　이름 천고 남기네.(祭偉人萬民歌大德　建遺像千古留芳名)

스위스 통계표(瑞士國計表)

토지 15,976평방마일

인구 3,119,635명

부세(賦稅)[24] 3,811,098파운드[25]

탁지(度支)[26] 3,764,398파운드

국채 40,000파운드

각 성(省) 공채(公債) 10,000,000파운드

수출액(出口貨額) 3,183파운드

수입액(入口貨額) 44,133,953파운드

액병(額兵)[27] 148,434명

예비병 85,676명

후비병(後備兵) 275,000명

---

24) 부세(賦稅): 세금을 매겨서 부과하는 일. 이 글에서는 1년 세수(稅收)를 뜻한다.

25) 파운드(磅, pound)

26) 탁지(度支): '헤아리고, 쓰고, 가르고, 내다'라는 뜻의 성어 '탁용지비(度用支費)'의 약칭으로, 오늘날의 '재무(財務)'에 가깝다. 이 글에서는 1년 예산을 뜻한다.

27) 액병(額兵): 상비병 내지 현역(現役)을 지칭하는 듯하다. 메이지 일본이 서구 열강들의 군사 체제를 모방해서 만든 1883년의 군역 제도는 상비군 3년, 예비군 3년, 후비군 4년으로 이뤄져 있었다.

제1회

이국 관헌 해독이 백성에게 미치니, 밭 가는 사내도 애국심을
지니다. 異國官毒下害民手[28] 耕田佬大有愛國心

사(詞)

흥망은 예로부터 민기(民氣)에 달렸으니	興亡自古憑民氣
하늘이 어찌하며	天也何尤
남들이 어찌하랴.	人也何尤
나무 꺾는 광풍에도 가을 잠 깊이 드니	木落風狂滿眠秋
어느 때나 일거에 민권을 회복하리.	何時一擧民權復
살아도 자유이며	生也自由
죽어도 자유로세.	死也自由
우리나라 오대주에 우뚝하게 하소서.	國也巍然立五洲

위의 곡조는 채상자(采桑子)[29]다.

---

28) 본문에는 官이 아닌 宮으로 표기되어 있으나, 앞의 목차 제목에 따라 바로잡았다.
29) 채상자(采桑子): 사(詞)란 시가 음악과 완전히 분리된 뒤에 노래 가사로 생겨난
한문 문체를 일컫는다. 채상자(采桑子)란 사(詞)에 붙이는 곡조, 즉 사패(詞牌)의
일종에 붙이는 명칭이다. 송나라 구양수(歐陽脩)가 서호(西湖)의 경치를 읊은 「채상
자 10수」(采桑子 十首)를 통해 대중화되었다. 7.4.4.7/7.4.4.7의 음수율을 특징으
로 한다.

화설(話說).[30] 천지가 개벽한 이래로 세상에는 셀 수 없이 많은 나라가 있었다. 그중에는 흥하거나 쇠하고, 융성하거나 퇴락하고, 강해졌다가 약해지며, 혹은 살아남고 혹은 망한 곳도 헤아릴 수 없이 많다. 생각건대 흥망의 이치는 오로지 그 나라 인민이 어리석은지 지혜로운지와 애국의 심지(心志)가 어떠한지에 달려 있다. 존 망이 위급한 때를 당하면 허다한 영웅호걸이 태어나 위태로움을 돌이켜 평안하게 하고, 망할 뻔한 것을 돌이켜 생존하게 하며, 죽을 뻔한 것을 돌이켜 살게 함을 이루니, 이것이 모두 영웅호걸의 본령이요, 국가의 큰 복이다. 그렇기에 예로부터 지금까지 하늘을 놀라게 하고 땅을 흔들 만한 영웅호걸이 셀 수 없이 많지만, 각각의 영웅마다 나는 곳이 다르고 그 시기가 다르며 마음가짐이 다르고 성취가 다르니, 어찌 한 가지로 통틀어 논할 수 있겠는가.

서력 12세기는 곧 중국[31] 원나라 원정(元貞)[32] 연간이다. 유럽[33] 중부에 한 작은 나라가 있었으니 이름은 스위스[34]다. 강한 이웃 게르만[35]의 점령을 받았는데 게르만 왕의 이름은 루돌프[36]였다. 루돌

---

30) 화설(話說): 이야기를 시작하거나 전환할 때 사용하는 고전소설의 상투어다. 뒤에 나오는 각설(却說)이나 차설(且說)은 화제를 돌릴 때 사용한다.

31) 중국(中國): 국한문본에는 '지나'(支那)로, 정철의 중국어본에는 '中國'으로 표기되었다. 지나는 진(秦)에서 유래한 China의 한자 음역이지만, 19세기 말~20세기 중반에는 탈중화(脫中和)라는 주체적 지향이나 중국에 대한 비하 같은 정치적 함의를 지녔다.

32) 원정(元貞): 중국 원나라 성종 때의 연호(1295~1297). 원정은 13세기에 해당하기에 본문에서 12세기를 원정 연간이라 한 것은 착오로 보인다.

33) 유럽(歐羅巴, Europe)

34) 스위스(瑞士, Switzerland)

프가 스위스를 점령한 후 태자(太子) 알브레히트[37]에게 명하여 그 지방에 거주하여 통치하게 했는데, 알브레히트는 몹시 무도하며 매우 잔혹하고 폭력적이었다. 또 한 권신(權臣)이 있으니 이름은 헤르만이요, 성은 게슬러[38]다. 그는 아첨을 잘할 뿐만 아니라 음험하고 오만해서 알브레히트가 백성을 가혹하게 착취하는 방법이 모두 그의 책략이었다. 그래서 사람들이 모두 그를 호랑이 귀신[39]이라고 일컬었다.

이때 스위스 국민이 이미 나라와 집이 망한 일을 겪고도 억울함을 호소할 곳이 없었다. 가혹한 정치를 시행하고 혹독한 법을 집행하는 것을 듣고 게르만인의 우마와 노예 같은 상황에 놓여서도 모

---

35) 게르만(日耳曼, German)

36) 루돌프(羅德福, Rudolf Ⅰ, 1218~1291): 합스부르크 가문에서 최초로 신성 로마 제국의 독일왕으로 선출되었고, 합스부르크 가문이 유럽을 제패하는 토대를 만든 인물이다.

37) 알브레히트(亞露覇, Albrecht Ⅰ, 1255~1308): 루돌프 1세의 장남. 1283년에 체결된 왕실 협약에 따라 오스트리아 합스부르크 왕가의 단독 통치자로 등극했으며, 1278년에 (신성)로마 독일의 왕으로 선출되기도 했다. 1308년 평소 상속 문제에 불만을 품었던 조카 요한 파리키다에게 암살당했다. 실러의 『빌헬름 텔』 5막 1장과 2장에는 알브레히트의 암살 소식과 암살자인 요한이 빌헬름 텔을 찾아오는 장면이 나오지만 『서사건국지』에는 모두 생략되었다.

38) 헤르만 게슬러(希路曼·倪士勒, Hermann Gessler/Albrecht Gessler, ?~?): 14세기 스위스 알트도르프 지역을 다스렸던 합스부르크 제국의 집행관. 빌헬름 텔처럼 생몰연대 미상인 전설 속 인물로 잔학한 통치로 스위스인들의 봉기를 야기했다고 알려져 있다. 원문에는 성과 이름을 바꿔서 표시했는데, 한국이나 중국과 성과 이름 순서가 반대인 것을 고려하지 않아서 생긴 착오로 보인다.

39) 호랑이 귀신: 원문은 '虎倀'(호창)이다. 위호작창(爲虎作倀)이라는 말에서 나왔다. 호랑이를 위하여 창귀가 되다라는 뜻으로 남의 앞잡이가 되어 나쁜 짓을 일삼는 사람이나 그런 행동을 일컫는다.

두 마음을 억누르고 고개를 낮춰 한을 삼키고 소리를 눌러 감히 더불어 항거하지 못했다. 슬프구나! 망국인이 압제를 받음이 이같이 참혹하도다.

그러나 과연 물정이 극에 달하면 원래대로 되돌아가는 법[40]이다. 스위스 국민이 싸우다 죽기를 각오하는 마음이 다 사라지지 않으니 황천(皇天)이 동종(同種) 제일의 대영웅 대호걸을 탄생시켜 그 도탄에서 구하게 하셨다. 당시 스위스 우리[41] 지방에 빌헬름 텔[42]이라는 이가 있어 루체른[43] 호숫가에 살고 있었다. 그곳은 푸른 산과 맑은 물로 풍경이 매우 아름다워서 오래전부터 사람들 입에 오르내렸다. 이렇게 아름다운 지방이 있기에 이토록 훌륭한 인물이 났으니, 뛰어난 인재는 땅의 신령스러움에서 난다는 옛사람들의 말이 과연 그러하다.

빌헬름 텔은 등이 두텁고 가슴이 둥글며 두 눈이 번개처럼 번뜩이고 체구가 웅장하며 기골이 장대했다. 또 가슴에 품은 뜻이 활달하여 일에 임하면 구차하지 않고 형편에 따라 일을 처리할 때 대범하면서도 지혜로웠다. 그래서 보는 이마다 그 비상한 인물이 장래

---

40) 물정이 극에 달하면 원래대로 되돌아가는 법: 원문은 '物極則反'(물극즉반). 달이 차면 기울고 극과 극이 통하듯이 사물이 궁극에 다다르면 반전됨을 일컫는다.

41) 우리(烏黎, Uri)

42) 빌헬름 텔(維霖惕露, Wilhelm Tell): 14세기 초 스위스인의 봉기를 이끌었다는 전설 속 인물. 현대 중국어에서는 威廉·泰爾로 표기한다.

43) 루체른호(魯沙尼湖, Lake Lucerne): 실러의 『빌헬름 텔』은 피어발트슈테터(Vierwaldstättersee) 호수를 둘러싼 우리(Uri), 운터발덴(Unterwalden), 슈비츠(Schwyz)라는 세 개의 주를 주요 무대로 삼고 있는데, 피어발트슈테터 호수는 루체른 호수라고도 불린다.

에 반드시 한번 비상한 사업을 주관할 것임을 알았다. 그는 집과 밭이 있어서 스스로 농사지어 자급하며, 한가할 때마다 산으로 달려가 날짐승 길짐승을 활로 쏘아 사냥하거나 혹은 배를 타고 호수에 나가 파도를 헤치고 바람을 타는 것을 즐거움으로 삼았다. 그래서 물의 성질을 잘 알고 활 쏘는 법이 비상했다. 그는 또한 성품이 강개하여 친척이나 친구 중에 빈궁하고 의지할 곳 없는 사람을 보면 구제하기 바쁘고, 혹은 자기 집에 맞이하여 옷을 벗어주고 밥을 나눠주는 데 조금도 인색하지 않았다. 평소 마음에 큰 뜻을 품어 전술과 병법을 익히고 전신의 무예를 연마하였다. 때로 친구와 함께 흉금을 털어놓고 이야기할 때면 스위스 지도를 펼쳐 놓고 공략할 곳과 수비할 곳을 가리키니, 이런 까닭에 사람들 가운데 텔과 마음이 통하는 자가 점차 늘어났다.

하루는 텔이 밥을 먹고 나서 쉬는 시간에 여러 사람을 향하여 말했다.

"우리 멀쩡하던 조상들의 나라가 지금 게르만인의 수중에 장악되어 국민이 이미 타인의 우마가 되었소. 언제 다시 고국을 회복하여 국시를 정돈하고 공화정치를 창립하여 스위스를 부강한 나라로 만들지 알 수 없구려. 여러 동포는 과연 이런 사상이 있으시오?"

사람들이 그의 격앙되고 비분강개한 말을 듣고, 모두 급격히 격동되어 뜨거운 피가 용솟음치며 얼굴이 붉어지고 귓불이 벌게졌다. 그들이 일제히 소리 질러 답하였다.

"우리가 비록 평범한 백성이지만 국가는 인민이 이루는 것입니다. 우리 각자가 국가의 한 분자를 이루었으니 어찌 두 눈 멀쩡히

뜨고 타인에게 **빼앗김**을 수긍할 수 있겠습니까? 간절히 바라건대 때를 기다리다가 후일 거동해 주십시오. 그러면 우리가 비록 끓는 물이나 뜨거운 불도 마다하지 않고[44] 맹세코 채찍을 들고 따르겠습니다"

텔은 각 사람이 이처럼 한마음으로 분격함을 보고 크게 기뻐서 머리를 끄덕이며 생각했다.

'나는 한갓 농부라 비록 이런 마음이 있어도 힘이 없음이 한이로구나. 반드시 동지와 연맹하고 능력 있는 이들을 모아야 장차 능히 경천동지할 사업을 이룰 수 있으리라.'

이에 좋은 말로 다시 각 사람을 위로하고 격려한 후 자신은 집으로 돌아가 좋은 계책을 곰곰이 생각하여 나라의 부흥을 도모하였다.

정말 그렇다.[45]

비록 강한 이웃이 탐욕스런 입 벌려도

뜻 있는 자 설욕할 마음을 잊지 않네.

뒷일이 어떻게 되는지 알고 싶으면 다음 회를 읽어주시오.

---

44) 끓는 물이나 뜨거운 불도 마다하지 않고: 원문은 赴湯蹈火(부탕도화). 국한문본에는 蹈가 焰로 잘못 표기되었으나 중국어본에 따라 바로잡아 번역했다. 끓는 물에 뛰어들고 불을 밟는다는 뜻으로 어떤 어려움도 무릅쓴다는 의미이다.

45) 정말 그렇다: 중국어본에서는 매회 마지막에 正是+7언 2구로 그 회의 내용을 요약하는 교훈을 실었다. 국한문본에서는 행갈이를 하지 않아 이 부분이 시각적으로 두드러지지 않는데, 여기서는 중국어본을 따랐다.

제2회

처자식과 한뜻으로 국사를 담화하고, 친구들과 더불어 민권 회복 맹세하다. 對妻兒同心談國事 與朋友矢誓復民權

사(詞)

뭇 생명 억누르는 압제가 끝이 없어	無邊壓力掣群生
나라 기울고 평정 어렵네.	國將傾 恨難平
말고삐 잡고 울며 범방은 세상 정화 뜻을 품었네.	
	攬轡歔欷范滂欲澄清[46]
다 함께 분노하며 옛 나라 회복할 뜻	共憤神州[47]恢復志
뜻이 있다면 분명 이루리.	凡有志 竟能成

위 곡은 강성자(江城子)[48]다.

각설. 빌헬름 텔이 집으로 돌아간 후 가슴에 가득한 회포로 머

---

46) 攬轡澄清(남비징청): 말의 고삐를 잡아 천하를 바르게 다스리겠다는 포부를 말한다. 『후한서』(後漢書) 「범방전」(范滂傳)에 나온다.

47) 神州(신주): 중국 전국시대(戰國時代)에 추연(騶衍)이라는 학자가 중국을 '적현신주(赤縣神州)'라고 한 데서 유래하여 중국을 가리키는 말로 종종 쓰였다. 『서사건국지』에서는 스위스인들이 고국을 가리키는 말로 자주 나온다.

48) 강성자(江城子): 사(詞)의 곡조명이다. 강신자(江神子)라고도 한다. 1연 35자이거나 2연 70자로 이뤄져 있다.

리만 긁적이며 고민하느라 처자가 다가와 인사해도 대답하기를 잊을 정도였다. 그 처가 비록 농가에서 태어났으나 글과 책을 읽을 줄 알아서 대의에 밝음이 평범한 남자보다 훨씬 뛰어났다. 늘 남편과 함께 천하 일을 막힘없이 자유롭게 논하며 고금의 득실을 굳센 태도로 진술하니 과연 탁견이라 빌헬름 텔도 그 말을 따랐다. 아들을 낳으니 이름은 발터[49]였다. 겨우 10여 세에 이미 온갖 행동이 두드러지게 뛰어나고 탁월한 학식과 재능을 나타내서 천 리 밖의 사람들도 두렵게 하는 기상이 있었다. 평소 부모의 대화를 듣고 익혀서 애국 사상이 굳건하여 스위스의 고토 회복을 자기 임무로 삼았다. 또 가정의 훈화를 정성껏 준수하니 아는 이마다 텔이 훌륭한 아들을 두었다고 칭찬하였다.[50]

화설. 빌헬름 텔의 부인이 남편을 보니 집에 돌아와서도 수심이 미간에 가득하고 평소 밝게 웃는 모습과는 달리 멍한 듯 취한 듯 말이 없었다. 부인이 앵두 같은 입술을 열고 난초 같은 목소리를 내며 아름답고 침착한 자세로 나아가 물었다.

"당신이 큰 뜻을 품고 항심(恒心)을 지키는 데 뛰어나서 웬만한 기쁨과 분노는 낯빛에 드러내지 않고 세간의 소리와 재물에도 결코 마음이 움직이지 않으셨습니다. 이치에 어긋나는 일이 자꾸 생긴

---

49) 발터(華祿他, Walter): 실러의 『빌헬름 텔』에서 텔의 둘째 아들로 등장하는 허구적 인물이다. 『서사건국지』에서는 외아들로 설정되어 있고, 실러 원작보다 성숙한 청년의 풍모를 띤 인물로 변형되었다.

50) 정철의 중국어본에는 "여담은 그만하고 본론으로 돌아가자."(開言不表, 書歸正傳)라는 구절이 있다. 중국어본에는 곳곳에 이런 식으로 서술자가 개입하여 독자를 향해 말을 걸거나 화제를 전환하는 표현이 나오는데 국한문본에서는 모두 생략되었다.

다 해도 어찌 그 호연지기를 흔들 수 있겠습니까. 그런데 오늘은 우울하고 평안하지 못하시니 무슨 일입니까? 다른 이의 능욕을 받은 것은 아니신가요? 혹시 국사를 논할 때 의기투합하지 못한 점이 있었습니까? 그러나 도리를 구함에는 각자의 견해가 있어서 토론이 많을수록 식견이 더 풍부해지는 것이니 어찌 마음에 둘 필요가 있겠습니까. 제가 당신을 남편으로 맞은 이후 흐르는 물 달리는 빛과 같은 세월이 이미 이십 년이 지났습니다. 그동안에는 제가 당신의 안색을 보고 뜻을 짐작하지 못한 적이 없었는데 오늘은 이와 같으시니, 바라건대 그 이유를 듣고 싶습니다. 제가 조금이나마 아는 게 있다면 당신께서 아직 미정(未定)한 점을 대신 구명(究明)하고자 합니다."

빌헬름 텔이 부인의 말을 듣고 머리를 저으며 탄식하였다.

"내 심사(心事)는 그대도 평소에 아는 것이오만, 이번에 근심하는 모습을 보인 것은 까닭이 있으니 그대에게 말해 보겠소. 방금 몇몇 친구와 더불어 이야기하면서 고국을 회복하고 세상을 바로잡을 일을 모의하였소. 그들의 마음이 모두 불처럼 뜨겁고 하루바삐 들고일어나려 하니 나도 나라를 구하고자 하는 마음이 한결 커지고 급해졌다오. 그렇지만 속히 거사하고자 해도 오직 군량도 무기도 없을 뿐 아니라 또 동지가 적어서 사방을 둘러보아도 망망(茫茫)하니 어찌할 바를 모르겠소. 또 오늘 신문을 훑어보니 게르만인이 우리 알트도르프[51] 지방에 머물며 도성을 쌓고 여러 병사를 둬서

---

51) 알트도르프(亞利他, Altdorf): 실러의 『빌헬름 텔』 1막 3장에는 게슬러가 우리

지키고 있다 하오. 그들의 음모와 속셈을 헤아려 볼 때 그 세력이 우리 스위스인의 생기를 다 없애지 않으면 그치지 않을 듯하오. 그런 까닭에 내 마음이 녹로(轆轤)[52]처럼 방황하며 법도를 잃게 된 것이오. 그대가 이 까닭을 알면 나로 인해 마음이 편치 않을 것[이기에 굳이 말하지 않았다오.]"

부인이 이 이야기를 듣고 아리따운 모습으로 답하였다.

"첩이 들으니 게르만 왕자 알브레히트가 아첨하는 신하 게슬러의 간사한 꾀를 전적으로 따르고 그 흉악한 기세를 부채질하여 전횡을 일삼으며 우리 금수강산을 유린하여 동포 종족을 괴롭힌다고 합니다. 그러나 이런 짓은 신과 인간이 다 함께 미워하고 천지가 용납하지 않는 바입니다. 그가 비록 지금 부강함을 믿[고 전횡을 일삼으나] 인간이 알지 못하는 신의 주재하심이 어찌 없겠습니까. 그 죄악이 가득 차기를 기다려서 우리 국민이 의로운 깃발을 올리면 반드시 하늘의 도움이 있을 것입니다. 이때 우리는 원한을 설욕하고 나라를 회복하여 주권을 펼치고 백성의 고혈을 빠는 벌레 같은 적들을 죽일 것입니다. 청컨대 잠시 마음을 평온히 하고 부질없이 화내지 마십시오."

말을 마치자 두 줄기 눈물이 부용꽃 같은 뺨에 방울져 흐르니 마치 배꽃이 비에 지는 듯했다. 지금 이 세상에 수염과 눈썹, 건장

(Uri)주의 알트도르프 언덕에서 스위스인들을 동원하여 요새를 짓는 장면이 나온다. 이를 참조하면 아리타(亞利他)는 알트도르프(Altdorf)의 한자 음역일 가능성이 크다.
52) 녹로(轆轤): 도자기를 만들 때 흙을 빚거나 무늬를 넣는 데 사용하는 기구. 돌림판 혹은 발물레라고도 한다.

한 기운을 갖춘 남자 중 이 부인의 애국 이야기에 만분의 일이라도 미칠 수 있는 자가 몇 사람이나 될까?

아들 발터가 곁에 있다가 부모의 이야기를 듣고 또 그들이 슬피 눈물 흘리며 매우 분격함을 보고 뜨거운 혈기가 가득 차올랐다. 즉시 양친 앞에 나와 당당하게 말하였다.

"아버님께서 항상 시국을 걱정하는 감정이 말씀과 안색에 넘쳐나니 제가 비록 어리고 무지하나 천하의 흥망은 필부(匹夫)에게 책임이 있다는 이치를 모르지 않습니다. 지금은 저도 나라가 망하여 떠도는 사람과 마찬가지이니 옛 나라를 회복하는 일에 저 또한 마땅히 일익을 담당할 것입니다. 그러나 지금 양친께서 [진나라 감옥에 갇혔던] 초나라 사람[53]처럼 마주 보며 뜰에서 통곡하는 것은 쓸데없는 일입니다. 이렇게 통곡한다고 해서 저들 게르만인을 달아나게 할 수 있겠습니까? 어찌 하루빨리 거사하여 원수에게 복수하고 우리 수치를 설욕하지 않으십니까? 제가 비록 불초(不肖)하나 맹세코 국가를 위해 힘을 다하고 제 한몸의 영욕과 생사를 돌보지 않을 것입니다. 만약 고국을 회복할 수만 있다면 비록 제 작은 몸이 국민의 희생물이 될지라도 그야말로 오히려 바라는 바입니다. 만약 아버님께서 극일(尅日)[54]로 격문을 돌려 군사를 일으키시면 저는

---

53) 초수(楚囚): 춘추시대에 초(楚) 나라 사람인 종의(鍾儀)가 진(晉) 나라에 갇혀 있었던 데서 온 말인데, 죄수의 몸으로 타향에 있는 슬픔을 비유한다.

54) 극일(尅日)로: 중국어본에는 이체자인 '尅日'로 표기되었고 간체자로는 '克日'이다. '克日'은 1. 날짜를 정하다. 기한을 정하다. 2. (바삐) 다그치다. 서두르다의 의미다. 그러나 문맥상 일이만(日耳曼)=게르만을 극복한다는 뜻으로도 읽힐 수 있으며, 대한제국 말기의 번역 맥락에서는 일본(日本)을 극복한다는 의미를 환기했을 수도

반드시 창을 들고 옆에서 따라 모실 것입니다. 공을 이루면 그 복을 듬뿍 받을 것이요, 이루지 못한다 해도 부자의 영예로운 이름을 만고(萬古)에 남길 것입니다. 아버님 생각은 어떠하십니까?"

빌헬름 텔은 부인과 아들이 모두 한 마음으로 애국함을 보고 슬픔이 기쁨으로 바뀜을 금치 못하여 머리를 들고 하늘을 향해 축원했다.

"황천(皇天)이시여, 황천이시여. 오늘날 우리의 괴로운 마음을 굽어살피소서. 만약 당신께서 우리의 생기(生機)[55]를 완전히 박탈하시려는 게 아니라면 우리를 도우셔서 하루빨리 이 대사(大事)를 이루게 하옵소서."

세 명이 이야기를 나누고 있을 때 돌연 담 너머로 개 짖는 소리가 들리니 누군가 오는 것 같았다. 또 계속해서 들으니 발소리가 멀리서부터 가까워지고 있었다. 빌헬름 텔은 평생 극도로 신중하게 살아왔다. 인적이 드문 밤중에 나랏일을 말함은 본래 비밀스러운 것인데, 어째서 사람이 다가오는 소리가 들리는지 아닌 게 아니라 의심이 일었다. 그래서 아들 발터에게 명하여 문을 열고 내다보라 하니, 다름 아니라 반가운 손님이 방문한 것이었다. 그를 문 안으로 들여서 서로 대면하니 기쁨과 위안이 매우 컸다. 이 사람은 누구인가. 그는 원래 빌헬름 텔의 가장 친한 친구인데, 성은 멜히

있다. 김병현의 국문본에서는 '급히'로 번역했다. '부친은 급히 격서를 전ᄒᆞ여 군소를 일으키면'

55) 생기(生機): 1.생존의 기회. 삶의 희망. 살아갈 길. 2.생기. 활기. 생명력을 뜻한다.

탈이요, 이름은 아르놀트였다.[56] 체구가 매우 크고 코가 매달아 놓은 웅담처럼 단정하고[57] 눈은 동(銅) 방울과 비슷하고 얼굴은 붉고 수염이 길어서 사람들이 삼국시대의 관공(關公)이 다시 태어난 것 같다고 비교하곤 했다. 그 또한 스위스에서 크고 뛰어난 재능과 웅대한 지략을 가진 인물이었다.

차에서 피어오르는 김이 그치기까지 서로 손을 맞잡고 옛일을 이야기하다가 빌헬름 텔이 물었다.

"무슨 중요한 소식이 있는가?"

아르놀트가 길게 탄식하며 분연히 말했다.

"게르만이 우리 토지를 점령하고 재화를 늑탈하며 인민을 노예로 삼아 속박하고 억제하는 수단이 날로 더 기이해지고 있네. 듣자니 어제 우리 스위스 사람 한 명이 길에서 마침 저 게르만 관리가 지나가는 것을 마주치게 되었는데, 인사가 조금 늦었다고 그를 잡아다가 심문하고 태형과 장형[58]을 번갈아 때렸다고 하네. 또 그 관리가 책상을 쾅쾅 치고 화를 내며 '스위스 천종(賤種)은 게르만의 노예가 되는 게 마땅하다. 노예가 주인 앞에서 속히 예를 행하지

---

56) 아르놀트 멜히탈(亞魯拿·穆勒得木, Arnold of Melchthal): 실러의 『빌헬름 텔』에서 운터발덴(Unterwalden) 주(Canto)를 대표하는 평민 지도자로 등장하는 허구적 인물. 게르만 군사들에게 소를 빼앗기고 아버지가 체포되는 내용이 실러 원작에서 『서사건국지』로 일부 변형되어 계승되었다. 원래 멜히탈은 가족의 성이 아니라 출신지를 가리킨다.

57) 코가 매달아 놓은 웅담처럼 단정하고: 원문은 '鼻如懸膽'. '현담'은 매달아 놓은 쓸개를 뜻하는데 중국에서 잘생기고 반듯한 코를 비유하는 표현으로 쓰인다.

58) 태형과 장형: 태형(笞刑)은 가는 회초리로, 장형(杖刑)은 넓적하고 큰 막대기인 곤장으로 볼기를 치는 형벌이다.

않으면 그 죄는 응당 교수형에 처할 만하다'라고 질책하고는 끝내 그를 형장에 압송하여 처형했다고 하네. 우리 스위스인이 학정에 시달림이 이미 이런 지경에 이르렀으니 앞으로의 더욱 긴 날들을 어찌 상상할 수 있겠는가. 묻건대 고금(古今)에 이런 법률이 있고 이런 형벌이 있었는가? 원통한 기운이 하늘에 가득 차고 참혹함이 해를 가린 것 같네. 지금 의거를 일으키지[59] 않으면 다시 어느 때를 기다리겠는가?"

말을 마치니 그의 부릅뜬 두 눈에 노기가 등등하였다. 세 사람도 그 말을 듣고 어금니를 악물고 이를 갈며 분을 참지 못하였다. 빌헬름 텔이 다시 말하였다.

"그대가 이렇게 급히 온 것은 과연 내가 즉시 거사하기를 바라서 인가? 아니면 서서히 일이 되어가기를 기다려야겠는가?"

아르놀트가 몸을 앞으로 내밀고 가슴을 치며 말하였다.

"천시(天時)가 이미 이르렀으니 기회를 잃으면 안 되네. 주저하며 지체하지 말게나. 그대가 떨쳐 일어나기를 기다림이 큰 가뭄에 구름과 무지개를 바라듯 간절하다네. 만일 그대가 의로운 깃발을 들어 올리면 맹세코 그대와 생사를 같이하고 동고동락하여 저 이족(異族)을 쫓아내고 우리 강역을 회복할 것이네."

빌헬름 텔이 또 대답하였다.

"자네의 뜻은 본디 갸륵하지만 단지 하나만 알고 둘은 모르는

---

59) 의거를 일으키지: 원문은 起義(기의)로 되어 있는데 국난을 당하여 의병(義兵)을 일으킴을 일컫는다.

것일세. 우리가 하늘의 공기를 호흡하여 살아가는 이상 사람으로서 책임을 다하는 것이 마땅하고, 애국적 사상을 가져야 마땅하네. 그러나 경거망동하다가 양떼를 몰아 호랑이 밥이 되게 할까 봐 걱정스럽네. 그러면 단지 후세의 웃음거리가 될 뿐 아니라 우리 족속 모두가 분명 한층 더 고초를 당하게 될 것일세. 아주 신중하게 만반의 준비를 하지 않으면 일을 이루기 어려울 것이야. 현재의 대세를 들어 말하자면 다만 동지가 얼마 되지 않는 것이 한일세. 열심히 힘써 오합지졸을 규합한다고 해도 어찌 저들의 오래 훈련된 병사를 당해낼 수 있겠는가. 일이 한 번 어그러지면 헛되이 죽을 뿐 무슨 이익이 있겠는가. 그러니 먼저 호걸과 영웅을 끌어모으고 때를 기다려 움직여야만 깃발을 올리고 싸움이 시작되자마자 즉각적인 승리를 얻을 수 있을 것일세."

아르놀트가 황급히 대답하였다.

"게르만의 학정이 이미 극에 달해서 우리 스위스 국민이 몹시 원망하지 않는 이가 없네. 내가 평소에 많은 지사를 사귀었으니 만약 격문을 돌려 한번 부르면 10만의 무리를 눈 깜짝할 사이에 모을 수 있을 것이야. 이때 그대는 대원수(大元帥)가 되고 내가 보좌하면 의로운 장수가 이르는 곳마다 누구든지 소박한 음식[60]으로 환영하지 않겠는가. 청컨대 토끼가 오기만 기다리지 말고[61] 웅대한

---

60) 소박한 음식: 국한문본에는 簞食壺醬, 중국어본에는 簞食壺漿로 되어 있다. 1. '대나무로 만든 밥그릇에 담은 밥과 병(瓶)에 넣은 마실 것'이라는 뜻으로, 넉넉하지 못한 사람의 거친 음식 2. 백성이 군대를 환영하기 위하여 갖춘 음식을 뜻한다.
61) 토끼가 오기만 기다리지: 원문은 兎守(토수)인데 문맥상 수주대토(守株待兎)의

계획을 속히 펼치시게."

　이야기하는 동안 어느새 동쪽 하늘이 밝아지고 초가의 닭이 울었다. 아르놀트가 마지못해 악수하고 작별할 때 텔에게 다시 거듭 당부하고 나서야 떠났다. 빌헬름 텔 부부와 아들 세 사람은 만면에 기쁜 빛을 띤 채 아르놀트의 원조를 기다려 함께 경천동지할 공을 세울 계책을 생각하였다. 정말 그렇다.

　교룡(蛟龍)은 연못 사는 동물 아니라
　풍뇌(風雷)의 도움 얻어 구천(九天) 흔드네.

　다음 일이 어떻게 되는지 알고 싶으면 다음 회를 들어보시라.

의미로 풀이하였다.

제3회

악한 병사 세력 믿고 밭 가는 소 빼앗으니, 애국지사 격문 돌려 인마(人馬)를 소집하다. 殘忍兵恃勢奪耕牛[62] 愛國士傳檄招 人馬

사(詞)

눈물 샘솟아 황천(皇天)께 묻네.	淚如泉 問皇天
고국을 중흥할 때 어느 해리오.	中興故國在何年
조적(祖逖)[63] 채찍 누가 들려나.	誰揚祖逖鞭
우물 뚫어라, 밭을 매어라.	鑿我井 耨我田
스스로 경작하니 평안하도다.	自耕自食也晏然
숲과 샘[64]에 지사 키우세.	林泉養志堅

위 곡조는 쌍홍두(雙紅豆)[65]다.

---

62) 밭 가는 소: 원문은 '緋牛'로 되어 있으나 '耕牛'의 오식이기에 고쳐 번역하였다.

63) 조적(祖逖, 266~321): 동진(東晉) 초기 중원 수복을 꿈꾸며 북벌에 전력을 다한 장군이다.

64) 숲과 샘: 임천(林泉)은 문자 그대로 숲과 샘이지만 비유적으로는 은사(隱士)가 머무는 곳을 뜻한다.

65) 쌍홍두(雙紅豆): 사(詞)의 곡조 중 하나다. 3.3.7.5조가 두 번 반복된다.

각설. 아르놀트가 집에 돌아간 후에 자연히 이런 뜻을 가지고 몰래 동지와 의논하고 무리를 모아서 나라 회복을 도모하였다. 하루는 짙은 먹구름이 끼고 번개와 천둥이 치니 때맞춰 내린 좋은 비가 농가에 큰 위안이 되었다. 농민들이 모두 연잎 도롱이에 삿갓을 뒤집어쓰고 밭으로 일하러 가니[66] 참으로 비 온 후 푸른 들판에 사람과 밭이 어우러진 풍경이었다.

아르놀트의 부친은 대대로 농사짓던 사람이다. 이날도 아르놀트와 함께 쟁기와 보습을 짊어지고 남쪽 밭으로 소를 끌고 갔다. 부자 둘이서 이야기하며 걷다가 밭두둑에 도착하자 힘을 모아 함께 농사를 지었다. 아르놀트의 부친이 비록 기력이 있는 사람이나 나이가 일흔 살에 가까우니 정신이 감퇴함을 면하기는 어려웠다. 하물며 정오가 되자 비는 개고 해가 쨍쨍하여 더운 열기가 닥쳐오니 일하는 사이에 땀이 비 오듯 흘렀다. 어쩔 수 없이 쟁기와 보습을 놔두고 나무 그늘로 가서 잠시 휴식하면서 부자 둘이 세상일을 이야기하였다. 고국이 망해 없어진 것을 탄식하고 강한 이웃 나라의 압제를 분통하게 여기며 한창 이야기를 나누고 있을 때, 홀연 성난 파도 같은 시끄러운 소리가 천군만마의 기세처럼 크게 들려오니, 이는 권신(權臣) 게슬러의 병사가 근처를 지나가는 소리였다.

이들 병사는 매우 잔인하기로 이름난 지 오래였다. 성안의 여우나 사당의 쥐[67]처럼 굴며 권세를 휘두르니 인가(人家)의 재물을 겁

---

66) 밭에 일하러 가니: 원문은 '有事西疇(유사서주)'. 도연명(陶淵明)의 「귀거래사」(歸去來辭) 중 "장차 서쪽 밭에 할 일이 있으리라"(將有事於西疇)라는 구절에서 나온 말로 평범하고 평화로운 농촌 풍경을 묘사한다. 문맥을 살려 의역하였다.

탈하고 처녀를 강간하는 등 극악한 대죄와 흉악한 짓을 범하지 않는 게 없었다. 그들이 이제 우락부락한 태도로 숲 아래에 당도하여 아르놀트의 소를 보자 빼앗을 야심이 생겼다. 곧 소를 끌고 가려고 하면서 물건 주인이 있는 것은 신경도 쓰지 않았다. 이때 아르놀트의 아버지가 가로막고 물었다.

"노형 여러분, 이 소는 내 소유인데 무슨 까닭으로 끌고 가시오? 그 이유를 듣고 싶습니다."

병사가 일제히 답하였다.

"이 살진 소[68]는 우리 총독 마음에 꼭 들 것이니 여러 말 해도 소용없다. 끌고 가서 총독에게 바치겠다."

아르놀트의 부친은 그들이 막강한 전투력을 믿고 터무니없이 횡포를 부리자 다만 좋은 말로 거듭 간청할 뿐이었다. 아르놀트가 옆에서 이 강포한 짓을 보고 있다가 앞으로 나서며 꾸짖었다.

"너희 말오줌 같은 것들이 관아의 세력을 빙자해서 밝은 대낮에 남의 소를 멋대로 빼앗아 가는구나. 인심이란 게 아직 있느냐? 도대체 어떤 사람들인지 속히 고하라. 그만 내 소를 놓아주어라."[69]

---

67) 성안의 여우나 사당의 쥐: 원문은 '城狐社鼠(성호사서)'. 임금 곁에 있는 간신의 무리나 관청의 세력에 기대어 사는 간악한 무리를 비유한다.

68) 소: 원문은 '午'이지만 '牛'의 오식이기에 바로 잡아 번역하였다.

69) 인심이란 게 아직 있느냐? 도대체 어떤 사람들인지 속히 고하라. 그만 내 소를 놓아주어라: 이 부분은 국한문본과 중국어본의 의미가 꽤 어긋나기에 중국어본에 따라 번역하였다. 국한문본은 '尙有人心이 究竟是何樣人이라도 報償을 快히 할터이니 我의 牛를 放下하라.'이고 중국어본은 '尙有人心麽. 究竟是何等樣人. 快些報上. 放下我牛便是.'이다.

병사가 화를 내며 답하였다.

"이 무식한 버러지 같은 스위스 천종(賤種)아. 네가 지금 우리 게슬러의 정예병을 몰라보는가. 여러 말 하지 말고 어서 빨리 네 소를 우리에게 내놓아라. 그렇지 않으면 우리가 네게 실력을 보여 주겠다."

원래 아르놀트가 게슬러의 이름만 들어도 문득 이가 갈리고, 그를 잡아다가 살을 불살라 재로 만들고 뼈를 갈아 먼지로 만들지 못함을 한탄하였다. 그런데 이제 게슬러의 병사가 이렇게 야만적으로 행동하며 위세를 믿고 사람을 기만하는 것을 보자 새삼 불에 기름을 부은 듯 분노를 참지 못하고 성난 목소리로 꾸짖었다.

"너희 짐승 같은 것들이 폭군을 도와 학정을 일삼으며 백성을 해치고 재물을 늑탈한 죄가 이미 차고 넘치거늘, 이제 또 내 소를 가져가 네 소유로 삼고자 하니 얼마나 탐욕스러운가. 내가 진실로 네게 말하니 순순히 소를 놔두고 돌아가면 그만이겠지만, 만약 다시 그 요망한 입을 놀리고 흉계를 바꾸지 않으면 마땅히 내 주먹맛을 실컷 보게 될 것이다."

병사가 이 말을 듣자 화를 참지 못하니 곧 치고받는 싸움이 벌어졌다. 아르놀트는 원래 싸움을 잘하기로 유명했다. 어릴 때부터 몸 쓰는 공부를 즐겨 하여 전신 무예를 연마하였기에 혼자서 백 명의 적을 상대할 수 있는데, 어찌 이런 야만적인 병사를 두려워하겠는가. 그런 까닭에 [게르만 병사들이 그에게 맞아] 지는 꽃과 흐르는 물처럼 나가떨어졌다. 첫판 싸움이 끝나기도 전에 저들 병사 중에 머리와 팔이 상한 자도 있고, 다리가 잘리고 이가 부러진 자도 있으며, 혼비백산하여 땅에 넘어진 자, 부상으로 죽은 자, 이리저리 흩어진 자도 있어, 죽고 다치고 도망친 자가 한둘이 아니었다. 저들의 잔병은 판세가 좋지 않음을 보자 그의 적수가 되지 않음을 깨달았다. 그래서 일단 게슬러에게 보고하여 말과 병사를 모은 후 [아르놀트를 잡을] 수단을 다시 강구하기 위해 엎치락뒤치락 영문(營門) 쪽으로 도망쳤다.

저들 야만스러운 병사가 도망간 후에 아르놀트가 마음을 가다듬고 생각하니 반드시 후환이 있을 터였다. 곧 그 부친께 소를 끌고 집에 돌아가 흉측한 변을 피하자고 청하였다. 부자 둘이 대책을 한창 마련하고 있을 때 벌써 게슬러가 군마를 정돈하여 바람처럼 이쪽을 향해 달려왔다. 이 소리를 들은 아르놀트가 피신해야겠다는 생각이 새삼 분명해져서 급히 아버지를 부축하여 산골짜기로 들어갔다. 그러나 그 부친은 바람 앞의 등불 같은 늙은 나이라 달리는 것도 어려울 뿐 아니라 또 노인의 생각에 소가 다른 이의 수중에 들어갈까 염려되어 주저하며 결단하지 못하였다. 아르놀트는 사세가 이미 긴박함을 보고 어쩔 수 없이 먼저 뛰어가고, 그 부친은 천천히 걸어서 뒤따라갔다.

게슬러가 친히 군마를 이끌고 성화(星火)[70]보다 급하게 쫓아왔다가 아르놀트의 종적을 보지 못하자 크게 실망했다. 한편으로는 병사를 파견하여 수색하고 다른 한편으로는 그 아비를 포승줄에

70) 성화(星火): 유성(流星)이 떨어질 때의 불빛으로 몹시 급한 일을 비유적으로 이르는 말이다.

묶어 잡아갔다. 관가에 도착하자 아르놀트의 부친을 수사도 재판도 없이[71] 마구 두들겨 패서 살이 찢어지고 문드러질 지경이었다. 6, 70세 노인이 어찌 이 같은 고초의 형벌을 견딜 수 있겠는가. 설사 그 아들에게 죄가 있다고 해도 이와 같은 잔인한 벌을 받을 수 없을 터인데, 하물며 예로부터 죄를 처자식에게까지 묻지 않는다는 법률이 지금은 어디 있는가. 게슬러가 저 노인을 난타한 후 또 3일 이내에 아르놀트를 붙잡아 오지 않으면 곤장을 맞아 죽게 되리라 하니, 이렇게 처참한 정경에 돌사자라 해도 눈물을 흘릴 것이다.

차설. 아르놀트가 산골짜기로 도망가 숨은 지 얼마 안 되어 해가 지니 숲의 새들도 다투어 둥지로 돌아갔다. 주변에 인기척도 들리지 않고 적막했다. 아르놀트가 그제야 뱀과 쥐처럼 조심스럽게 밭두둑 있는 곳으로 걸어 나와 머리를 들어 사면을 살펴보았으나 그 아비가 보이지 않았다. 처음에는 혹시 숲속으로 도망하였는지 의심하여 사방으로 불러 보았으나 대답이 없자 저들 병사에게 잡혀갔을 것이라는 생각이 들었다. 비통하고 분하여 즉시 집으로 몰래 돌아가서 친한 이웃에게 집 안팎의 일을 돌봐달라고 부탁하고, 다음날 새벽에 일어나 세수를 마치자마자 급히 짐을 꾸려 출발하였다. 멀리 있는 친구 집에 가서 한편으로 몸을 숨길 곳을 찾고 다른 한편으로 부친의 소식을 탐방하고자 한 것이다. 마침내 친구

71) 수사도 재판도 없이: 원문은 '不審不訊'. 오늘날 '신문'은 경찰이나 검찰의 수사 과정에서 정보의 확인을 위해 진행되는 물음을, '심문'은 법원에서 피고인이나 증인의 진술을 청취하는 과정을 가리킨다. 대체적인 뜻을 살려 의역하였다.

집에 도착하여 인사를 채 나누기도 전에 한 사람이 와서 소식을 전했다. 성안에 현상금을 내걸고 사람을 붙잡겠다는 고시문이 새로 나붙었다는 것이다. 그 고시문은 이러했다.

여기 역비(逆匪)가 있으니 이름은 아르놀트다. 무도(無道) 한 대역(大逆) 죄인으로 관가를 능멸하고 관병을 마구 때렸다. 그 아비는 이미 잡아 구속하였고 이제 현상금을 걸고 그를 잡고 자 한다. 그를 잡으면 즉시 관아로 보내도록 하라.[72]

아르놀트가 이 말을 듣고 마음이 불처럼 타오르고 극심한 분노 가 치밀어 올라서 화내며 말하였다.

"저 게르만인이 스위스인을 눈엣가시로 여긴 게 어제오늘 시작 된 일이 아닙니다. 그들이 우리 토지를 빼앗고 인민을 해쳤으니 이야말로 대역무도한 일이요, 그들이야말로 역비이자 큰 도적입니 다. 그런데도 아직 자기 분수를 모르고 도리어 지각 있고 지기(志 氣) 있는 우리 인민을 붙잡아 일망타진하려 하는 것이 아닙니까? 우리가 지금 반역하지 않는 것이 대역무도이겠습니까, 아니면 돌 이켜 옛 나라를 회복하는 것이 역적이겠습니까? 가짜 반역이 진짜 반역만 같지 못할 것입니다.[73]"

---

72) 원문은 4구체 12행으로 되어 있다. 포고문이기에 여기서는 굳이 운율을 살려 번역하지 않았다.
73) 가짜 반역이 진짜 반역만 같지 못할 것입니다: 게르만의 부당한 지배야말로 진짜 반역이고 스위스인이 이에 저항하는 것은 반역이 아니라는 의미로 이해될 수 있다.

말하는 중에 비감함을 참지 못하여 몇 방울 영웅의 눈물을 떨궜다. 둘러앉은 친구들이 이러한 분격과 애국심을 보고 모두 사랑하고 공경하는 마음이 일어나서 앞으로 나서며 삼가 말하였다.

"노형이 어찌 걱정할 필요가 있겠습니까. 이번 사건은 스위스인이 응당 책임을 다할 것입니다. 우리도 오랫동안 이런 뜻을 가졌지만 단지 사람이 없음을 한탄해서 사방을 돌아다니며 유세하여 인심을 고무해 왔습니다. 스위스 동포가 오랫동안 하늘을 보지 못하는 지옥에 있었는데, 지금 노형이 진심과 성의를 다해 이런 일을 떠맡았으니 우리가 비록 재주는 없으나 작은 보탬이나마 되고자 합니다. 노형의 뜻은 어떠하십니까?"

아르놀트가 이 말을 듣자 마치 눈 속에 있는 사람이 땔감을 보듯[74] 기뻐하며 서둘러 대답하였다.

"형들이 모두 포부가 큰 사람[75]이니 다행이고 또 다행입니다. 오직 진실한 마음과 각고의 노력으로 이 포부를 굳게 지켜서 변하지 않기를 간절히 바랍니다. 비록 지금은 동지가 적으나 이 아우가 사방으로 돌아다니며 격문을 뿌려 장사(壯士)를 널리 불러 모을 터이니 그 후에 서로 때를 맞춰 일어나면 좋지 않겠습니까."

이때부터 동지들을 불러 모아 깊숙하고 조용한 지방에 모여 붓

---

74) 눈 속에 있는 사람이 땔감을 보듯: 원문은 '雪中送炭을 覓함과 如하여'. 위급한 상황에서 필요한 도움을 준다는 말이다.
75) 포부가 큰 사람들: 중국어본의 '兄等皆是有心人'이 국한문본에는 '兄等은 皆有人心이니'로 번역되었다. 국한문본대로 번역하면 '형들은 모두 인심(人心)이 있으니'가 되지만, 중국어에서 '有心人'은 포부가 큰 사람을 뜻하는 단어이기에 중국어본을 따라 번역했다.

든 자와 먹 가는 자가 열심히 상의한 끝에 옛 나라를 회복할 한 편의 격문을 써냈으니, 바로 「스위스 회복을 위한 애국당의 격문」 이었다. 그 글은 이러했다.

스위스는 유럽의 유서 깊은 나라로 게르만과 이웃해 있다. 토지가 비옥하고 인민이 부유하다. 서쪽으로는 론강[76]이 천연의 참호가 되고 남쪽으로는 산맥과 절벽이 둘러싸고 있으니, 금성 탕지(金城湯池)[77]요, 천혜의 공고한 요새라 할 만하다. 어찌 이 웃 나라가 탐욕스러운 호랑이처럼 엿보며 이리 같은 마음을 품 지 않았겠는가. 게르만인은 실로 야만의 종족이라 남쪽에서는 까치둥지를 빼앗고 북쪽에서는 토끼를 굴에서 몰아내듯 [이웃 나라를] 병탄할 뜻을 품어왔다. 마침내 무력을 동원하여 우리 성(城)과 마을을 무너뜨리고 멋대로 정복하여 가혹하게 조세를 거두니 이는 진작부터 품어온 변함 없는 마음[78]이었다. 순리에 역행하고 정도에서 벗어난 일을 무리하게 행함도 평소의 그칠 줄 모르는 욕심을 좇은 것이다.
인민은 그들의 노예가 되고 땅은 그 판도에 들어갔으니 하루

76) 론강(尼河. Rhône River)
77) 금성탕지(金城湯池): 쇠로 만든 성과 그 둘레에 파 놓은 뜨거운 물로 가득 찬 못이라는 뜻으로 방어 시설이 잘되어 있는 성을 이르는 말이다. 『한서』(漢書) 「괴통 전」(蒯通傳)에 나온다.
78) 진작부터 품어온 변함 없는 마음: 중국어본의 已懷萬年不朽之心이 국한문본에 는 已懷萬年不朽之事로 바뀌었는데, 懷와 心이 의미상 더 잘 호응하는 것으로 보여 중국어본에 따라 번역하였다.

아침에 영원히 그치지 않을 슬픔을 이루었도다. 해가 저물고 길은 끊겨 눈물만 뿌리는구나. 신주(神州)에서 머리를 돌리니[79] 저기 잡풀만 우거졌고 고국을 염려하니 가을바람 소슬하다. 도탄에 빠진 동포를 애달파하며 언제나 나라를 회복할까 갈망하노라. 큰 도적이 임금 행세를 하면서 농(隴) 땅을 얻고 나면 촉(蜀) 땅을 바라듯 욕심이 끝이 없어[80] 가혹하고 잔인한 학정이 날로 다르고 달로 새롭다. 청천백일(靑天白日) 중에 손톱과 어금니[81]를 뻗고, 깊은 물과 뜨거운 불 아래로 백성을 밀어 넣는다. 제멋대로 겁탈하고 제 뜻대로 음탕하니 이는 천지가 용납하지 못하는 바요, 신도 인간도 함께 미워하는 바다.

우리가 오래 신음하다가 동병상련으로 의로운 깃발을 들어 지사(志士)를 널리 모으고자 한다. 스코틀랜드[82]의 브루스[83]를 스승으로 삼고 유태국의 모세[84]를 모범으로 삼아 힘껏 벽돌 갈

---

79) 신주(神州)에서 머리를 돌리니: 원문은 '神州回首'. "신주에서 머리를 돌린다"라는 구절은 남송 때 신기질(辛棄疾, 1140~1207)의 「水龍吟·甲辰歲壽韓南澗尙書」를 인유한 것이다. 오랑캐의 침입으로 망해가는 나라를 바라보는 우국의 정을 담았다.
80) 농(隴) 땅을 얻고 나면 촉(蜀) 땅을 바라듯: 원문은 '得隴望蜀'. 후한(後漢)을 세운 유수(劉秀)가 천하통일을 눈앞에 두고 있을 무렵 했다는 말로 한 가지를 이루고 나면 또 한 가지를 바라는 인간의 끝없는 욕심을 가리킨다.
81) 손톱과 어금니: 원문은 '爪牙'. 악인의 앞잡이를 뜻하는 비유적 의미가 있다. 게슬러가 알브레히트의 앞잡이 노릇을 하고 있음을 가리킨 것이다.
82) 스코틀랜드(蘇格蘭, Scotland)
83) 브루스(布魯, Robert the Bruce, 1274~1329): 14세기 초 제1차 스코틀랜드 독립전쟁을 이끈 인물로 1314년 잉글랜드군의 침공을 막아낸 배넉번 전투(Battle of Bannockburn)를 지휘했다. 오늘날 스코틀랜드의 국가처럼 불리는 「스코틀랜드의 꽃」(Flower of Scotland)은 이 전투를 언급하고 있다.

아 거울을 만들며[85] 성심껏 돌을 다듬어 금을 이룰 것을 기약하
노라. 영웅호걸의 각고의 노력이 모두 이와 같으니 나라를 회복
하기 위한 자세가 어찌 그렇지 않겠는가. 뼈가 가루 되고 몸이
재가 되더라도 해를 꿰뚫는 무지개처럼 목적을 달성할 것을 맹
세하노라.[86] 하늘이 황폐해지고 땅이 쇠할 만큼 오랜 시간이 걸
려도 자벌레처럼 움츠렸던 몸을 끝내 펴리라. 우리 국민을 구하
고 그 책임을 다하노라면 세상에 어려움이 없을 것이요, 뜻이
서면 반드시 이루게 될 것이다. 명분과 의리가 바르면 하늘이
그 흥함을 도울 것이요, 인심이 하나로 모이면 이에 힘입어 나
라가 회복되리라. 이는 사람이 자립을 귀하게 여기며 의는 결코

---

84) 모세(摩西, Moses): 이집트의 노예 생활을 하던 히브리인의 탈출을 이끌고 이스
라엘 건국의 기초를 세웠다는 성경 속 인물이다.

85) 힘껏 벽돌 갈아 거울을 만들며: 원문은 '竭力磨磚에 尚期作鏡이요'. 마전작경(磨
磚作鏡)이라는 고사성어를 인유하였다. 당(唐)나라 선종(禪宗) 승려인 마조(馬祖)
에게 스승인 남악회양(南岳懷讓)이 실천 없는 좌선의 부질없음을 벽돌을 갈아 거울
을 만들려는 행위에 빗댄 것에서 유래했다. 그러나 『서사건국지』 문맥에서는 지극한
정성으로 불가능을 가능하게 만든다는 의미로 사용되었다.

86) 해를 꿰뚫는 무지개처럼 목적을 달성할 것을 맹세하노라: 원문은 '誓達貫虹之
的.' 『사기』(史記) 「추양전(鄒陽傳)」에 나오는 백홍관일(白虹貫日)이라는 구절을
인유했다. 흰 무지개가 태양을 뚫고 지나간다는 뜻이다. 추양은 참소로 옥에 갇히자
왕에게 자신의 결백을 믿어 달라며 다음과 같은 이야기를 담은 상소문을 올려 풀려났
다. 진시황(秦始皇)의 볼모로 잡혀있다가 탈출한 연(燕)나라 태자 단(丹)이 형가(荊
軻)에게 복수를 부탁했을 때 하늘도 감동하여 흰 무지개(형가의 칼)가 하늘의 해(진
시황)를 꿰뚫는 조짐을 보였으나, 단이 형가를 깊이 신임하지 못해 거사에 실패했다
는 이야기다. 추양은 이런 고사에 근거해서 왕에게 자신을 믿어달라고 호소했지만,
'관홍'은 정성이 지극하여 하늘이 감응함을 이르는 말 혹은 왕의 신상에 해로운 일이
일어난다는 의미로도 쓰인다. 『서사건국지』의 문맥에서는 이 두 뜻을 결합하여 스위
스인이 지극한 정성으로 게르만의 지배자를 몰아내겠다는 의미로 볼 수 있다.

양보할 수 없는 까닭이다. 어찌 권세를 좇아 빌붙고 주저하며 타인의 콧숨만 바라보다가[87] 독립이라는 천부의 권리를 잃어버리 수 있겠는가.

동포들은 혹은 학당에서 책을 읽고 혹은 푸른[88] 들판을 경작하며 혹은 수레를 끌어 행상하고 혹은 삿갓을 쓰고 노동에 종사하지만, 모두 선왕의 자손이다. 스위스 종족으로서 한마음으로 맹세의 물을 마시고 여럿이 뜻을 모아 성을 이룰 것이다.[89] 독립의 깃발은 혁혁하게 높고 길게 펼쳐져 해를 뒤덮고 자유의 종과 북은 우렁찬 소리로 천둥처럼 울리리라. 이로써 어려움을 벗어나려 하면 어떤 어려움이 사라지지 않을 것이며, 이로써 공을 세우고자 하면 어떤 공을 이룰 수 없겠는가. 공분(共憤)할 공동의 원수를 향해 분개하며 애국의 마음이 약해지지 않도록 하라. 후일의 공화(共和) 정체(政體)는 필경 동포의 행복이 될 것이니

---

87) 타인의 콧숨만 바라보다가: 원문은 '仰他人之鼻息'. 『후한서』(後漢書) 「원소전」 (袁紹傳)에서 유래한 앙인비식(仰人鼻息)이라는 고사성어를 인유했다. 중국 후한 시대 말기 한복(韓馥)이 원소(袁紹)의 압박을 받고 기주(冀州)땅을 넘기려 하자, 한복의 부하 경무(耿武)와 민순(閔純)이 "기주는 100만 명의 백성이 있고, 10년을 버틸 수 있는 식량이 있습니다. 원소는 의지할 곳이 없는 곤궁한 신세라 우리의 콧숨만 바라보는 처지입니다(袁紹孤客窮軍, 仰我鼻息)"라며 말렸다. 그러나 겁이 많은 한복은 부하들의 권고를 듣지 않고 원소에게 귀순하였다. 이 고사에서 유래하여 앙인비식(仰人鼻息), 또는 앙식(仰息)은 자신의 힘으로는 어찌 못하고 남의 덕분으로 살아가거나 주체성 없이 남의 눈치나 살피는 일을 비유한다.
88) 푸른: 중국어본의 綠이 국한문본에서는 緣으로 잘못 표기되었기에 중국어본에 따라 고쳐 번역했다.
89) 여럿의 뜻을 모아 성을 이룰 것이다: 원문은 '衆志成城'. 『국어』(國語) 「주어」(周語) 하편에 나온다. 여러 사람의 뜻이 하나로 합하면 견고한 성과 같아진다는 말로 중심성성(衆心成城)도 같은 말이다.

여러 군자는 모두 떨쳐 일어나 올지어다.

원고 쓰기를 마치자 무리 앞에서 한 차례 낭독하고 즉시 몇 명을 파견하여 베끼도록 해서 천 수백 장을 필사하였다. 그 후에 아르놀트는 필사한 격문을 몸에 잔뜩 지니고 일어나자마자 출발하여 다른 지방으로 향해 갔다. 별을 보며 일어나 달을 기다려 쉬고 바람으로 빗질하고 비로 목욕하는 고초를 두루 맛보았다. 무릇 큰 뜻을 품고 큰일에 힘쓰는 자는 이러한 고초를 아무렇지 않게 여기는 법이니 바다 섬에 흩날리는 잡풀처럼 떠도는 삶을 어찌 한탄하겠는가. 정말 그렇다.

태어나고 죽음은 사나이의 일
어찌 남에 맡겨서 자유 뺏기리.

다음 일이 어떻게 귀결되는지는 다음 회를 보시도록 청하노라.

제4회

조각배에 올라서 거센 풍파 헤치고, 노래 불러 간곡히 군중 마음 격려하다. 駕扁舟乘風波巨浪 唱歌曲苦口勵群心

사(詞)

우마(牛馬) 같은 노예 삶 언제 끝날까.	馬牛奴隸何時了
장사는 강하고 꿋꿋하구나.	壯士强哉矯[90]
한 조각 작은 배로 대양 가운데	扁舟一葉大洋中
목숨 가벼이 위험 무릅써 파도 헤치며 바람을 타네.	
	冒險輕生破浪與乘風
야만적인 학정에 신음 오래니	野蠻虐政呻吟久
물 같은 구변(口辯)을 막기 어렵네.	難堪懸河口[91]
합심해 옛 산하를 회복하여서	合群恢復舊山河
마음 합하고 뜻을 합하여 자유 노래를 함께 부르세	
	同心一德齊唱自由歌

90) 强哉矯(강재교): 『중용』(中庸) 10장 5절에 군자(君子)의 자세를 열거하면서 '强哉矯'라는 구절이 반복되었다. "故君子和而不流. 强哉矯. 中立而不倚. 强哉矯. 國有道不變塞焉. 强哉矯."

91) 懸河口(현하구): 물이 거침없이 흐르듯 말을 잘한다는 뜻의 懸河口辯(현하구변)이라는 한자성어에서 온 표현이다. 본문 중에 빌헬름 텔이 「애국가」를 불러 민심을 격동시킨 것을 가리킨 것으로 보인다.

위 곡조는 우미인(虞美人)[92]이다.

아르놀트가 격문을 갖고 다니며 사방으로 전할 때 별이 뜬 늦은 밤까지 달음질치고 풍찬노숙[93]하였다.

각설. 스위스에는 평소에 일반 회당(會黨)이 이미 있었다. 이 회당에는 두세 명의 두목이 있으니, 한 명은 발터 퓌르스트요, 다른 한 명은 슈타우파허, 또 다른 한 명은 루덴츠였다.[94] 당을 만든 지 반년 만에 당원이 이미 350명에 이르렀다. 이들이 스위스의 옛 나라를 회복할 뜻을 지녀 밤낮으로 무예를 연습하고 병학(兵學)을 연구하니 이들의 용맹정진하는 심회를 당해낼 자가 없었다. 아르놀트가 이 당원들이 있다는 말을 듣고 매우 기뻐하며 산 넘고 물 건너

---

92) 우미인(虞美人): 오대십국시대 10국(十國) 중 하나인 남당(南唐)의 3대 황제 이욱(李煜)이 진나라 말기 항우(項羽)의 애첩 우미인(虞美人)에 가탁하여 망국의 한을 노래한 「우미인」의 곡조를 따른 것이다. 7.5.7.9의 음수율이 두 차례 반복된다.

93) 풍찬노숙: 원문은 風飡露宿이고 일반적으로 쓰이는 한자는 風餐露宿이다. 바람에 날아갈 정도로 가볍게 먹고, 이슬을 맞으면서 잔다는 뜻으로 여기저기 떠돌아다니며 고생스러운 생활을 한다는 의미다.

94) 한 명은 발터 퓌르스트요, 다른 한 명은 슈타우파허, 또 다른 한 명은 루덴츠였다: 『서사건국지』는 실러의 『빌헬름 텔』 원작에 나오는 다양한 인물의 서사를 빌헬름 텔, 아들 발터, 아르놀트의 서사로 단순화시켰기에 여기서 간단히 이름만 언급된 인물들을 『빌헬름 텔』 원작의 인물들과 대응시키는 데 무리가 있다. 다만 『빌헬름 텔』에서 스위스 봉기의 지도자급 인물로 빌헬름 텔과 아르놀트 멜히탈을 빼면 이 세 사람을 들 수 있다. 이에 근거해서 한자 음역과 원작 인물의 이름을 대응시키면 다음과 같이 추측할 수 있으나 확실하지 않다. 발터 퓌르스트(翁德華丁, Walter Fürst), 슈타우파허(師格哇, Werner Stauffacher), 루덴츠(慮多利, Ulrich von Rudenz). 특히 베르너 슈타우파허는 『서사건국지』의 다른 장면에서 베르너(威里尼, Werner)로 등장하기에 중복된다. 『서사건국지』의 저자 정철이 원작과 무관하게 지어낸 이름일 가능성도 있다.

그 행적을 찾아가 마침내 저 호걸의 무리를 만났다. 그들이 모두 눈썹이 짙고 눈이 큼직하며 눈빛이 형형하게 빛나서 손을 들면 사나운 호랑이가 산에서 나온 듯하고 발을 움직이면 교룡(蛟龍)이 바다에서 나온 것 같았다. 목소리는 격정적이고 기개가 당당하여 모두 나라를 중흥시킬 만한 호걸의 모습이었다.

아르놀트가 이들과 만난 지 얼마 지나지 않아 더불어 시국을 대담하고 또 소매 안에서 격문을 꺼내 그들에게 읽어보도록 했다. 모두 충성스러운 마음과 뜨거운 피를 가진 사람들이라 격문을 읽고 펄쩍 뛰며 기뻐하고 미간에 수심이 걷혀서 마치 봄의 강물이 비를 기다리던 모습과 흡사하였다. 여럿이 말하였다.

"우리 스위스 고국 산하는 지난날을 차마 돌이켜볼 수 없을 정도로 고통을 받아왔습니다.[95] 우리가 마땅히 한마음으로 협력하여 산과 바다에 맹세코 함께 의거하여 나라를 회복합시다."

아르놀트가 이 말을 듣고 머리를 끄덕이며 말하였다.

"여러분은 모두 젊고 기개가 있는 분들이니 후일 거사가 있을 때 이 아우는 뒤따르기를 바랍니다."

그들은 아르놀트가 이렇게 겸손한 것을 보고 새삼 사랑하고 존경하는 마음이 일어나 그를 자기들 집에 묵게 하고 아침저녁으로 흉금을 터놓고 이야기를 나누니 바람과 비가 한 방에 머무는 것과

---

95) 우리 스위스 고국 산하는 지난날을 차마 돌이켜볼 수 없을 정도로 고통을 받아왔습니다: 원문은 '故國河山은 不堪回首라.' 불감회수(不堪回首)는 과거를 기억하는 것이 고통스러워서 견딜 수 없음을 뜻하는 한자 성어다. 당(唐)나라 시인 대숙륜(戴叔倫)의 「곡주방」(哭朱放)에 나온다.

같았다.[96]

차설. 빌헬름 텔이 아르놀트를 송별한 때로부터 손가락을 꼽아 날짜를 계산하니 이미 수개월이 지났다. 듣자니 게슬러가 그의 아버지를 잡아간 후 아르놀트에게 3일 이내에 출두하라고 명하고 만약 불응하면 그 아비를 죽임으로써 죄를 묻겠다 하였으며, 또 그의 아버지가 이미 죽임을 당하였다는 말도 들렸다. 슬프고 분한 마음을 금할 수 없으나 지금 아르놀트가 어디에 있는지 알 수 없었다. 텔이 한창 생각에 잠겨 있을 때 갑자기 한 친구가 찾아와 문을 두드리며 말하였다.

"어떤 이가 와서 긴요한 사정이 있다면서 노형과 이야기를 나누고자 합니다."

빌헬름 텔이 문을 열고 그를 영접한 후 얼마 지나지 않아 손을 맞잡고 흉금을 털어놓고 말하니, 이 사람은 과연 누구인가. 바로 슈비츠[97] 지방의 지사 베르너[98]였다. 이 자는 키가 비록 작으나 심지가 매우 커서 옛 나라를 회복할 사상을 지닌 남자였다. 그런 까닭

---

96) 바람과 비가 한 방에 머무는 것과 같았다: 원문은 '風雨聯床이라'. 오래 떨어져 있던 친구나 형제 등이 만나 한 방에 머물며 흉금을 터놓고 이야기하는 모습을 비유하는 표현이다.

97) 슈비츠(斯知念, Schwyz): 봉기를 일으켜 스위스 연방을 창립한 3개 주 중의 하나이다.

98) 베르너(威里尼, Werner Stauffacher): 국한문본의 戚里尼는 중국어본 威里尼의 오식인데, 김병현의 국문본에서는 중국어본을 따라 위리니로 표기했다. 사지념 지방의 위리니란 실러 원작에서 슈비츠(Schwyz) 지역의 봉기 지도자인 베르너 슈타우파허(Werner Stauffacher)를 가리키는 것으로 보인다. 실러의 『빌헬름 텔』 1막 3장에는 베르너 슈타우파허가 텔에게 적극적인 저항을 권유하는 장면이 나온다.

에 빌헬름 텔의 집에 와서 숨김없이 이야기하는 것이 다 텔을 재촉하여 속히 거사하도록 함이었다. 베르너가 말하였다.

"지금 슈비츠에 많은 사람이 모여서 함께 일을 도모하고 있습니다. 그대는 어서 거동하여 나와 함께 아르놀트를 만나러 가고 다 같이 약조하여 거사를 일으킵시다."

빌헬름 텔이 이 말을 듣고 뜨거운 마음이 용솟음쳐서 즉시 그가 말한 대로 했다. 한쪽 어깨에 봇짐을 둘러매고 오색 군장(軍裝)을 꾸린 후 베르너와 더불어 슈비츠로 향했다. 마침내 슈비츠 지방에 도착해서 그 동지들과 회견하니 모두 조금 더 일찍 만나지 못한 것을 아쉬워했다. 하룻밤을 보내고 다음 날에 나란히 출발하여 아르놀트를 찾아가 영웅호걸을 더 많이 모으기로 했다. 여럿이 하늘을 가리켜 맹세하여 말하였다.

"우리는 옛 나라를 회복하며 우리 동포를 구제하는 데 마땅히 책임을 다할 것이니, 하늘과 땅의 신께서 함께 이 뜻을 살펴주소서. 만약 이 일이 성사되지 못하면 차라리 죽는 것이 영광이요, 죽지 않음이 치욕일 것입니다."

수십 명이 로이스[99] 강가에 도착했을 때 갑자기 천지가 컴컴해지고 온 들판에 검은 구름이 끼며 천둥이 쾅쾅 울리고 벼락이 번쩍

---

[99] 로이스강(羅上河, Reuss river): 원문은 '羅上阿畔'이나 중국어본 '羅上河畔'의 오식이다. 羅上河는 발음상 로이스(Reuss)강을 가리키는 것으로 추측된다. 이 장면은 텔이 폭풍이 치는 루체른 호수에서 바움가르텐(Baumgarten)을 건네주는 실러 원작의 첫 장면을 변형한 것이다. 로이스강은 루체른 호수로 연결되는 주요 강의 하나로 실러 원작에도 몇 차례 이름이 나온다.

거려 사람의 이목을 놀라게 했다. 또 성난 파도가 쳐서 나룻배가 감히 손님을 건네주지 못했다. 빌헬름 텔은 그들이 움츠러들까 염려하여 엄숙하게 외쳤다.

"우리가 오늘 거사를 일으킴은 이미 죽음을 두려워하지 않은 것이니 구구한 비바람이 어찌 우리 앞길을 가로막겠습니까. 내가 평소 물의 성질을 잘 아니 만약 뱃사공이 건네주지 않으면 내가 직접 노를 저을 것입니다. 우리 수족 같은 형제들은 청컨대 뜻을 확고하게 세우고 함께 위험을 무릅써 [강을 건넙시다.]"

무리가 이 말을 듣고 모두 얼굴에 희색을 띠며 기꺼이 손을 맞잡고 배에 올랐다. 빌헬름 텔이 키를 꽉 붙잡고 배를 조종하니 배가 나는 듯이 달려 어느 틈엔가 건너편에 도착했다.

그때 아르놀트가 [건너편] 지방에 머물다가 빌헬름 텔과 여러 장부가 도착하였음을 듣고 매우 기뻐하며 즉시 동지를 이끌고 교외에 나와 영접하였다. 서로 악수하고 통성명한 후에 거처로 돌아가서 주인과 손님을 가리지 않고 즉시 양고기와 소고기를 차리고 술잔을 들어 큰 잔치를 베풀었다. 그때 텔의 아들 발터도 한자리에 있었는데, 사람들과 국사를 논하는 대화가 도도한 물결처럼 그치지 않았다. 아르놀트가 빌헬름 텔을 향하여 물었다.

"제 아버님 소식은 어떻습니까?"

텔이 대답하였다.

"들으니 게슬러가 이미 죽인 것 같소."

아르놀트가 이 말을 듣고 매우 비통해하며 하늘을 향해 꿇어앉아 대성통곡하고 돌아가신 부친과 작별하였다.

그리고는 격문을 꺼내 빌헬름 텔에게 읽게 하니 텔이 박수하며 칭찬하고 자리에 앉은 동지도 모두 동조했다. 날이 늦어 주연이 끝날 때쯤 빌헬름 텔이 어느 정도 취기가 돌아 노래 한 곡조를 지었는데 제목은 「애국가」였다. 텔이 무리를 향해 이 노래를 부를 때 정신은 엄숙하고 기상이 당당하며 얼굴빛은 복숭아꽃 같고 혀는 연꽃잎 같았다. 격앙되고 강개하며 통쾌하고 힘찬 모습이 마치 신선이 하강한 것 같았다. 그 가사는 이러했다.

나라 사랑 노래, 나라 사랑 노래	愛國歌 愛國歌
노래도 하기 전에 눈물부터 흐르네.	未開口唱淚滂沱
스위스 예전에는 부유한 나라였지.	瑞士昔爲財富國
토지는 비옥하고 국민은 많았다네.	膏腴土地國民多
부원(富源)은 저 멀리 론강까지 이르고	富源遠接尼河水
산하는 견고하며 즐비한 산 높고도 험준했다네.	
	山河鞏固比嶺峨嵯峨
어떻게 알았으랴. 호린(虎鄰) 우릴 삼킬 줄.	怎料虎鄰 圖併我
창과 방패 동원해 멋대로 침벌하니	無端侵伐動干戈
이제 나라 망하고 성 또한 파괴됐네.	今日國亡城又破
민심이 흩어지니 누군들 어찌하랴.	民心渙散奈誰何
이 땅의 권리 재정 전부 다 남들 손에 빼앗기고서	
	地權財政盡握在他人手
종족과 동포들은 억눌리고 시달려.	種族同胞受掣磨
노래 여기 오니 마음 더욱 슬퍼.	歌至此 最心傷

언제나 회복하여 늑대 탐욕 막을까.   何時恢復拒貪狼

국가란 예로부터 민기에 기대는 법   國家自古憑民氣

민기가 굳세면 나라 또한 강해지네.   民氣堅强國乃强

나 지금 동포에게 묻기를 원하노라.   我今要把同胞問

나라와 고향 함께 찾을 마음 있는가.   還念神州與故鄕

기념하기 위해 함께 불러 보세.   如記念 要提倡

고국 멸망 않도록 돕기를 맹세하고   誓扶故國不至淪亡

국민이 된 책임을 사람마다 다 해보세.   國民責任人人盡

눈 깜작할 삼 년에 나라 번창 이루려   轉瞬三年國復昌

맹세코 분신쇄골 문명을 이루도록 다짐하여서

    粉身碎骨誓把文明購

꽃다운 이름 향기 만고(萬古)에 남겨보세.   贏得芳名萬古香

그때엔 게르만을 막아내고 물리쳐   那時拒絶日耳曼

야만의 도둑놈들 대서양에 몰아내 없애버리세.

    野蠻賊種盡付大西洋

적이 물러가니 나라 평강 하다.   賊旣去. 國康莊

공화와 입헌정부 천지에 장구하며   共和立政地久天長

백성은 자유롭고 나라는 독립하니   民樂自由邦獨立

이 시절 강성함을 백 세에 떨치리라.   此時强盛百世名揚

빌헬름 텔이 노래를 마치자 무리가 모두 박수하며 감탄하고 흠
모했다. [다른 이들도] 차례대로 연설했는데 모두 백성과 나라 구
할 뜻을 담은 것이었다. 그날 밤 고담웅변(高談雄辯)에 모두 흥이

돋아 이야기를 나누는 사이 어느 틈에 동쪽 하늘이 밝아오며 닭이 울고 새벽이 되었다. 모두 세수를 마치고 즉시 각자 일정을 시작하니 천금처럼 귀한 시간을 조금이라도 허투루 허비하지 않았다. 정말 그렇다.

하늘 이고 우뚝 선[100] 뛰어난 남자
시간을 아껴 쓰며 소홀히 않네.

다음 이야기가 어떻게 되는지 알고 싶으면 다음 회를 보시오.

---

[100] 하늘 이고 우뚝 선: 원문은 '頂天立地'. '하늘을 이고 땅 위에 선다'라는 뜻으로, 홀로 서서 타인에게 의지하지 않음을 뜻하는 말이다.

제5회

아르놀트 모병(募兵) 위해 두 개 강을 건너고, 발터는 부친 따라 장터를 지나가다. 亞魯拿募兵渡二河 華祿他隨父過市鎭[101]

사(詞)

협사는 하늘과 땅 놀래키고	俠士驚天動地
인자는 목숨 버려 의를 취해.	仁者捨生取義
한 조각 애국심	一片愛國心
죽어도 넋이라도 남아있어	雖死當爲厲鬼
장한 뜻 장한 뜻	壯志 壯志
민권을 포기하지 않으리라.	誓不民權放棄

위 곡조는 여몽령(如夢令)[102]이다.

각설. 그때 여럿이 일찍 일어나서 세수를 마치고 식사를 한 후에 각자 자기 일을 행하였다. 사방으로 사람을 모으러 다니는 자,

---

101) 市鎭: 국한문본에는 平鎭으로 되어 있으나 중국어본에 따라 市鎭으로 바로잡았다. 장이 서는 큰 마을을 뜻한다. 빌헬름 텔이 아들 발터와 함께 사냥감을 장터에 내다 파는 장면을 말한 것이기에, 여기서는 장터로 번역했다.

102) 여몽령(如夢令): 당(唐) 대의 장종(莊宗)이 작곡한 사(詞)의 곡조. 단조(單調)와 쌍조(雙調)가 있는데, 여기서는 전체 7구 33자로 이뤄진 단조를 취했다.

양식을 조달하는 자, 군복을 모아들이는 자, 지세를 측량하는 자, 소식을 알아보는 자, 자금을 따져보는 자 등 장사(壯士)들이 각기 모둠을 나눠 문을 나섰다. 아르놀트가 빌헬름 텔을 향하여 말했다.

"그대 부자 두 명은 다른 곳에 갈 필요 없이 이곳에 머물며 진을 지키고 있으면 내가 다른 곳을 돌아다니며 용기와 지모 있는 병사들을 불러 모아 돌아오겠네. 스위스의 최대 부락인 우리(Uri) 지역은 그대의 고향인데, 인마(人馬)가 강성하고 그대가 끼친 풍속 교화가 있으니 다른 곳보다 더 양호할 것이네. 그대가 어서 서신을 써서 내가 가져갈 수 있도록 해주면 좋겠네."

빌헬름 텔의 아들 발터가 아르놀트의 이야기를 듣고 침착하게 나아가 말하였다.

"아저씨께서 만약 우리 지방으로 가시면 이 조카가 맡길 것이 있습니다. 제가 평소 집에서 독서를 할 때 일반 문인 학사들과 교류하였으니 그들은 모두 나라 회복하는 데 열심인 자들입니다. 제가 밀봉한 편지를 써서 보내면 그들이 반드시 아저씨를 따라올 것입니다. 지금의 형편을 보면 누구라도 널리 모을 필요가 있습니다."

말을 마치자 아르놀트와 빌헬름 텔이 모두 손뼉을 치며 그 말이 신묘하다고 칭찬했다. 발터가 즉시 서재로 달려가서 큰 붓 한 자루와 백지 한 장을 꺼내어 쓰기 시작하니, 붓글씨를 내려쓰는 소리가 흡사 누에 소리 같았다.[103] 그 사(詞)는 다음과 같았다.

---

103) 붓글씨를 내려쓰는 소리가 흡사 누에 소리 같았다: 원문은 '筆落蠶聲的樣子와 恰似하더라.' 붓으로 글 쓰는 소리가 봄날 누에가 뽕잎을 갉아먹는 소리와 같다는 뜻으로 구양수(歐陽修)가 과거 시험장을 묘사한 「예부공원열진사시」(禮部貢院閱

나의 형제들을 기억하노라.	憶我好兄弟
우리(Uri) 머무르며 배움 힘썼지.	劬學在烏黎
그때 붓과 벼루 함께 나누며	當年共筆硯
밤낮 책 펴들고 공부했었지.	朝夕藉提撕
그 후 배움 많이 진전되었나.	別後多烝進
동포 간절하게 도움 구하네.	同胞若望霓[104]
나라 부서져서 흩어졌으며	邦家成瓦解
백성 진흙탕에 떨어졌으니	百姓墜塗泥
하늘 떠받친 손[105] 기꺼이 들라.	快擧擎天手
백성 고통 울음 함께 구하자.	提携疾苦啼
유태 애급에서 탈출했던 건	猶太出埃及
오직 이 한 사람 모세 덕인데	全憑一摩西
끝내 이런 인물 나오지 않고	斯人終不出
우리 옛 나라는 줄곧 혼미해.	舊國永沈迷
나라 안정시킬 뜻을 세움에	立定安邦志
나이 적다는 게 무슨 문제랴.	遑論年歲低
채찍 부여잡은 뜻있는 자여	執鞭今有志
부디 백이 숙제 배우지 말라.[106]	請勿學夷齊

進士試)의 "하필춘잠식엽성(下筆春蠶食葉聲)"이라는 구절에서 인유하였다.

104) 望霓(망예): 『맹자』(孟子) 「양혜왕 하편」(梁惠下)에 나오는 "民望之若大旱之望雲霓也"라는 구절에서 인유했다. 큰 가뭄에 구름과 무지개를 바라는 마음이라는 뜻으로 힘든 상황에서 벗어나게 할 기회나 도움을 기다리는 간절한 마음을 의미한다.

105) 하늘 떠받친 손: 擎天手(경천수)의 번역으로 역량이 거대함을 비유한다.

발터가 이 편지를 써서 즉시 아르놀트에게 건네니, 아르놀트가 받아서 짐꾸러미 안에 넣었다. 아르놀트는 빌헬름 텔 부자 두 명과 내년 정월 며칠 밤에 기의(起義)할 것과 불을 일으켜 신호로 삼을 것을 약속하고, 또 의거에 관해 이런저런 비밀스러운 사정을 일일이 논한 후에 악수로 작별하고 길을 떠났다. 빌헬름 텔 부자가 멀리 들판까지 나아가서 송별하고 거듭 당부한 후에 처소로 돌아갔다. 아르놀트가 곧장 라인강[107]과 자르너아강[108]이라는, 두 도(道)의 강물이 만나는 곳에 이르렀다. 이 두 강은 물결이 아름다워 천하에 명성을 날리는 곳으로 아르놀트가 여기서 배를 사서 우리(Uri)로 건너갔다.

각설. 빌헬름 텔은 아르놀트와 작별한 후 처소로 물러갔다. 아직 여러 장사는 돌아오지 않았다. 부자가 매우 적막하게 지내며 다만 아침저녁으로 약간의 무기를 잡고 훈련하였다. 하루는 하늘빛이 맑고 온화하며 청량한 바람이 시름을 풀어주고 지저귀는 새들

---

106) 부디 백이 숙제 배우지 말라: 백이(佰夷)와 숙제(叔齊)는 주나라에 멸망한 은나라에 대한 충성을 지키기 위해 수양산에 들어가 은거하다 굶어 죽었다. 이들은 유교적 충의를 대표하는 인물이지만, 이 시에서는 이들이 적극적인 저항이 아니라 은거를 택했다는 점에서 오히려 비판하고 있다.

107) 라인강(萊因, Rhein river)

108) 자르너아강(菖安, Sarner Aa river): 원문의 菖安이 가리키는 곳은 불분명한데 중국어 발음 菖(jǔ)+安(ān)을 고려하여 자르너아강을 가리키는 것으로 추측했다. 이 강이 흐르는 자르넨(Sarnen) 지역은 스위스 옵발덴(Obwalden)주의 주도로 『빌헬름 텔』에도 아르놀트의 출신지역인 운터발덴의 지명으로 자주 등장한다. 다만 자르너아강은 라인강과 직접 만나는 지점이 없고, 라인강의 지류인 로이스강과 함께 루체른 호수로 합류한다.

도 아름다워 사람들이 놀러 나가도록 재촉하는 풍경이었다. 이날 빌헬름 텔이 방안에 머물러 있는데 문득 번민이 밀려와서 유쾌하지 않기에 군사 훈련도 하고 싶지 않았다. 아들 발터가 이렇듯 아버지가 불편하고 불안해하는 모습은 분명 그런 마음이 있기 때문임을 알아채고 아버지 앞에 나아가 말하였다.

"하늘이 맑고 날씨는 청량하며 아름다운 새가 유람을 재촉하니 우리가 저 높은 언덕에 올라 뭇짐승을 사냥하는 것이 어떻겠습니까?"

빌헬름 텔이 이 말을 듣고 기뻐하여 얼른 답하였다.

"참으로 좋구나, 정말 좋아. 아비가 오늘 심중에 번민이 밀려와서 스스로 풀 길이 없었는데 이 방에 오래 머물러 있으면 무료함만 더할 터이니 사냥하러 가는 것은 나도 크게 바라는 바다. 단 네가 동행을 원하는지 아니면 처소를 지키기 원하는지 모르겠구나."

생각해 보라. 발터는 영민하고 준수한 소년이자 구구히 얽매이지 않는 사람이다. 어찌 동행하지 않을 까닭이 있겠는가. 고로 부친이 묻는 말을 듣고 얼른 대답하였다.

"저도 함께 가기를 원합니다."

이때 부자 둘이 사냥복을 차려입고 활과 화살을 꺼내 각자 몸에 둘러매고 부하에게 성문을 잘 지키라고 분부한 후에 마을 뒤 깊은 산을 향해 출발했다. 두 사람이 걷다가 이야기하다가 하면서 산 넘고 물 건너 힘든 것도 모르고 가다 보니 한 평원에 이르렀다. 마침 정오 무렵이어서 태양이 하늘 높이 떠 더위가 찌는 듯하니 매우 괴로울 지경이었다. 그래서 숲속에서 잠시 휴식하며 말린 음식을 꺼내 간단한 점심으로 삼았다. 맑은 샘물을 술로 삼고 오래된 바위를 상으로 삼아 먹고 마시는 사이 불현듯 그윽한 풍취가 느껴졌다. 호수의 반짝거리는 빛을 호흡하고 산의 푸른 빛을 마시는 듯한[109] 풍경이었다.

식사를 마친 후에 잠시도 앉아 있지 않고 산 중턱에 올랐다. 활을 당겨 달리는 짐승과 나는 새를 쏘는데, 원래 빌헬름 텔은 버들잎을 꿰뚫고 바람을 가르듯 활을 잘 쏘는 묘기가 있어 활을 한 번 당기면 백발백중이었다. 부자 둘이서 두세 시간 사냥하는 동안 명중시킨 뭇짐승이 항하(恒河)의 모래알[110]만큼 많아 산처럼 쌓였으나 조금도 지겨운 마음이 들지 않았다. 다만 사냥물이 너무 많으면 가지고 가기 어렵기에 겨우 활쏘기를 멈추고, 사냥한 짐승을 가지런히 정리하여 큰 꾸러미를 만들어 산 아래로 짊어지고 갔다. 발터가 처소에 가지고 돌아온 것을 보니 비록 백 수십 명이라도 다 먹지 못할 정도였다. 또 날씨가 뜨거워서 벌레가 생기기 쉽고 며칠 밤이 지나면 위생에 해로울까 걱정이라 시장에 가지고 가서 파는 것이 더 마땅할 터였다. 이런 까닭을 부친께 아뢰니 빌헬름 텔이 그 말이 이치가 있음을 듣고 선선히 답하였다.

"과연 좋은 생각이구나!"

그래서 둘이 함께 그 짐승을 가지고 가서 다른 이들에게 팔고자

---

109) 호수의 반짝거리는 빛을 호흡하고 산의 푸른 빛을 마시는 듯한 풍경이었다: 원문은 '크게 呼吸湖光飮山緣的景象이 有하더라.' 緣은 중국어본 綠의 오식이다. 소동파(蘇東坡)의 시「書林逋詩後」에 나오는 "呼吸湖光飮山綠"이라는 구절을 인유했다.
110) 항하(恒河)의 모래알: 항하(恒河)는 부처님이 자주 와서 설법하였던 곳으로 항하의 모래는 셀 수 없이 많음을 의미하는 비유로 종종 사용된다.

했다. 장터에 이르러 불과 반 시간 만에 하나씩 다 팔리니 이 시장이 열린 이래로 사냥한 고기가 이렇게 많은 것을 본 적이 없었다. 빌헬름 텔 부자가 물건이 다 떨어져서 장사를 거두고 돌아가려 할 때는 어느덧 황혼이었다. 배가 고파 부자가 함께 찻집에 올라가 차를 마시고 저녁도 먹으니 차와 술을 앞에 두고 또한 이야기가 빠질 수 없었다. 둘이 한창 이야기를 나누던 중 갑자기 떠들썩한 목소리가 들려와서 주변 사람들이 다 놀라 일어났다. 둘도 무슨 까닭인지 알 수 없어서 깜짝 놀라 찻집에서 내려가 상황을 알아보려 했다. 정말 그렇다.

저잣거리 까닭 없이 떠드는 소리
주화다담(酒話茶談) 하던 이들 깜짝 놀라네.

뒷일이 과연 어떻게 될지는 다음 회에 상세하게 실릴 것이다.

제6회

모자를 높이 걸이 인민에게 절 시키니, 나무 기둥 부러뜨려 부자가 체포되다. 懸冠冕人民須下拜 折木柱父子被擒拿

사(詞)

망국 슬픔 품고 살며	亡國事堪悲
신세 어디 의탁하랴.	身世何從托
예로부터 영웅은 불운 많으며	自古英雄困阨多
민적(民賊) 마음 악하더라.	民賊心情惡

토지 벌써 빼앗기고	土地已爲吞
종족 자주 학대받네.	種族頻遭虐
깊은 원한 갚기 전 기세 안 꺾여	不復深仇勢不休
이 몸 순국(殉國) 소원하네.	審以身殉國

위 곡조는 백척교(白尺橋)[111]다.

화설. 빌헬름 텔 부자는 여럿이 시끄럽게 떠드는 소리를 듣고

---

111) 백척교(白尺橋): 사(詞)의 곡조인데 원곡은 미상이다. 5.5.7.5조가 두 번 반복된다. 白은 百의 오식이 아닐까 추측되지만, 중국어 원본과 국한문본 모두 白으로 되어 있다.

놀라서 찻집에서 내려가 사람들이 모인 곳에 가서 무슨 일인지 알아보려 하였다. 부자가 시정(市亭)[112]에 도착해 보니 사람이 붕어 떼처럼 많았다. 공손하게 손을 들고 의관을 정돈하여 인사한 후에 무리를 향하여 물었다.

"여러 선생께 묻고자 합니다. 우리가 이 시장 거리에서 각자 생업을 도모하는데 밝은 대낮에는 서로 평안하고 아무 일도 없었습니다. 무슨 까닭으로 갑자기 시끄러운 소리가 나는 것입니까?"

마침 주름진 얼굴에 백발의 한 노인이 무리 속에 있다가 빌헬름 텔 부자가 이렇게 공손하고 은근하게 묻는 것을 보고 마주 인사하며 입을 열어 대답했다.

"손님께서는 모르시겠지요. 우리가 여기서 장사한 지 여러 해지만 생업을 즐기며 편안히 거하여 일찍이 시끄러운 일이 생긴 적이 없었소. 간혹 승(升), 두(斗), 척(尺)[113]의 계량에 공평하지 않은 점이 있어 두세 마디 언쟁이 있더라도 쉽게 조정하고 타협하여 조화로운 분위기를 해치지 않았소. 그런데 오늘 시끄러운 소리가 일어난 것은 다른 까닭이 아니오. 손님은 귀 기울여 이 노인이 고하는 바를 들어보시오."

빌헬름 텔 부자가 그 노인이 매우 정정하고 또 예의와 기력이 평범한 사람보다 훨씬 뛰어남을 보고 다시 예를 갖춰 인사하여 상세한 설명을 청하니, 노인이 재차 입을 열어 말하였다.

---

112) 시정(市亭): 도시의 관리가 업무를 맡아보는 곳을 말한다.
113) 승(升), 두(斗), 척(尺): 승(升), 두(斗)는 용량을, 척(尺)은 길이를 세는 단위다.

"참으로 슬픕니다. 우리 스위스가 게르만에 예속된 이래로 그 학정을 참아온 지 이미 오래 지났소. 그런데 이제 저 게르만 정부가 다시 새로운 규례를 만들어 더욱 해괴한 소식을 천고(千古)에 남기리라고 누가 생각하였겠소. 그들이 큰 시장 맞은편에 긴 나무 기둥 하나를 세워놓고 매일 한 공후(公侯)[114]의 모자를 기둥 꼭대기에 걸어놓고 그 밑에 비석 하나를 세워 고시문을 새겨놓았소. 그 대강의 뜻은 이 땅을 지나가는 누구든 반드시 모자를 벗고 몸을 굽혀 [기둥 위의 모자를 향해] 인사해야 한다는 것이오. 마치 모자 주인을 보면 지체하지 않고 바로 인사해야 하는 것처럼 말이오. 만약 알고도 고의로 이 규례를 위반하여 인사하지 않는 자가 있으면 반역자로서 죄를 묻겠다고 하오. 우리 행상과 상인들, 저곳을 오가는 손님들이 어찌 편할 수 있겠소. 그렇기에 사람들이 지금 소란스러운 것이오."

말을 마치니 기상이 처량하고 말과 태도에 비분함이 보였다. 빌헬름 텔이 이런 이야기를 듣자 뜨거운 피가 끓어올라 즉시 포악하고 추잡한 관리를 섬멸하러 나가지 못함을 한탄했다. 그러나 큰 사업을 주관하려는 자는 극히 조심스러워야 한다. 그래서 감히 노한 기색을 드러내지 않고 단지 꾹 눌러 참으며 평온한 어조로 말했다.

"이는 참으로 우리가 꿈도 꾸지 못한 바이고 진실로 매우 불행한 일입니다. 소란이 일어난 것도 이상하지 않군요."

이야기를 마치자 무리를 향해 작별 인사를 고하고 노인과 악수

---

114) 공후(公侯): 원래 공작과 후작, 봉건 영주 등을 일컫는 말인데, 여기서는 게르만 황제의 명으로 스위스 지역을 통치하는 게슬러 총독을 지칭한다.

한 후 헤어졌다. 부자가 처소로 돌아갈 뜻을 품고 줄곧 생각에 잠긴 채 빠르게 걷다 보니 어느새 성문 입구에 도착해 문을 두드려 안으로 들어갔다. [그러나 처소로 돌아온 이후에도] 자연히 이 일이 마음에 자꾸 걸려서 아침저녁으로 생각하며 밤낮으로 헤아렸다.

각설. 게슬러는 무슨 이유로 이러한 수단을 고안해서 모자를 걸어두었는가. 다른 까닭이 아니다. 최근 스위스에 한 회당(會黨)이 있어서 옛 나라의 회복을 도모하니 한 사람이 부르면 백 사람이 화답하여 자못 세력이 있다고 한 풍문을 들은 까닭이다. 그 이름은 애국당이라고 하니 만약 조속히 그들을 잡아 근절하지 않으면 훗날 반드시 무궁한 화가 생길 터였다. 고로 그 당을 일망타진하여서 일이 커지기 전에 막고자 하나 도무지 방법이 없었다. 그런 까닭에 앞뒷일을 생각하느라 여러 날 정신을 허비하며 잠자는 것도 먹는 것도 편하지 않다가 마침내 이 모자를 걸어두는 방법을 생각해낸 것이다.

게슬러가 생각하기에 무릇 뜻있는 자라면 필경 모자 앞에 절하는 것을 달가워하지 않을 게 분명하다. 이에 긴 기둥을 세워두고 매일 밧줄로 모자를 그 위에 걸고 또 기둥 아래 석비를 세워 고시문을 새겨두니 그 모습이 공덕비와 흡사했다. 또 병사를 파견해 지키게 하고 인사를 하지 않는 자가 있으면 필시 회당이라 하여 즉시 죄를 물어 처벌하도록 했다. 그 고시문에는 이렇게 쓰여 있었다.[115]

---

115) 고시문에는 이렇게 쓰여 있었다: 원문은 4자씩 18구로 되어 있다. 4자 2구씩을 1행으로 번역하였다.

이 꼭대기 기둥 끝에 모자를 걸어두니
행인이 여기 오면 공후(公侯)를 뵌 듯해라.
몸 굽혀 절을 하고 공손하고 온유하라.
원수를 보듯 하여 모독하지 말지어다.
고시문을 잘 지켜 근신하며 다니어라.
반항하는 자든가 내심 음모 꾸며내서
이 율례 어기는 자 잡아다 가둬두고
죽음으로 죄를 묻고 결코 방면 안 하리라.
백성에 고하노니 화를 자초 말지어다.

　이때 게슬러가 나무 기둥을 세워놓고 그 위에 모자를 걸고 석비를 세워 그 아래 고시문을 새기고 다시 게르만 병사 부대를 시켜 그 옆을 지키게 하니, 그 모습이 마치 한 왕궁 저택과 흡사하였다. 이곳을 지나다니는 행인은 남녀노소를 막론하고 모두 고시문을 보고 모자에 절을 했다. 5, 6일이 지나도 한 사람도 반항하여 따르지 않는 자가 없었다. 게슬러가 크게 기뻐하며 말하였다.
　"저 스위스 천한 종족의 노예 성질로 자기들 옛 나라를 회복하겠다고 생각하니 어찌 미친 게 아니겠는가. 내가 이렇듯 전제적이고 잔인한 수단을 취해도 한 사람도 감히 와서 저항하는 자가 없으니 저들이 무슨 애국당을 결성하며 무슨 구국(舊國) 회복의 형세가 있겠는가."
　게슬러가 자기 혼자 이렇게 생각하고 자문자답했다. 술을 들어 거나하게 마시며 스스로 좋은 계략을 떠올린 것을 자랑하니 천고

(千古)의 간사한 영웅이 종종 이러하였다. 그래서 조조의 시에 "술을 들며 노래하네, 인생 길어봤자 얼마나 되랴."[116]라는 구절이 있는 것이다.

각설. 빌헬름 텔 부자가 집에 돌아온 후 마음이 괴롭고 불편해서 밤낮으로 이렇듯 큰 수치를 설욕할 생각뿐이었다. 부자가 이야기를 주거니 받거니 하루 이틀 상의하다가 마침내 생사를 돌보지 않겠다고 결정하고, 장대에 모자를 매달아 놓은 장터로 가서 절을 하지 않고 무시하면 저들이 어떻게 행동할지 보리라 했다. 생각할수록 결심이 더 확고해져서 즉시 출발하여 장터에 도착했다. 살펴보니 나무 기둥 하나가 높이 열 장이었다. 위에 모자 한 개를 걸어 놓았는데 햇빛이 비쳐 모습이 선명하고 그 아래에는 흰 돌 한 덩어리가 있고 거기에 고시문이 새겨져 있었다. 부자가 앞으로 나아가 고시문을 보고 천천히 직행하되 결코 절을 하지 않았다. 파수꾼이 그들이 감히 규례를 위반한 것을 보고 어떤 이유로 절을 하지 않았느냐고 힐문하니 부자가 한목소리로 대답하였다.

"우리는 다른 종족인 적의 신하에게 절하지 않는다."

그러고는 당황하거나 서두르지 않고 가볍게 손을 놀려 기둥을 한번 치니 천둥 같은 소리를 내며 기둥이 부러져 두 동강이 나고 저 꼭대기의 모자는 땅에 떨어졌다. 병사가 깜짝 놀라서 종을 울려

---

116) 그래서 조조의 시에 "술을 들며 노래하네, 인생 길어봤자 얼마나 되랴"라는 구절이 있는 것이다: 원문은 "曹操가 對酒當歌에 人生幾何的說話가 有하니라" 對酒當歌, 人生幾何는 『삼국지연의』에 등장하는 조조의 「단가행」(短歌行)의 한 구절이다. 첫 구를 따서 「대주당가」(對酒當歌)라고도 한다.

경비대에 알리고 "빨리 저 반역자를 잡아라"라고 하였다.

부자는 전혀 두려워하지도 않고 도망가지도 않은 채 우뚝 서서 주먹과 발을 뻗어 게르만 병사들과 맞붙어 싸웠다. 이 병사들은 모두 가장 쓸모없는 사람들이었다. 한 번 치니 넘어져 땅에 쓰러진 자도 있고, 한 번 노려보니 물러나 감히 앞으로 나서지 못하는 자도 있었다. 금세 소문이 퍼져서 사방에서 구경하러 온 이들로 주변 도로가 꽉 찼다. 병사가 형세 불리함을 보고 서둘러 돌아가서 게슬러에게 보고했다. 이때 게슬러는 술병과 잔을 끌어안고 자작(自酌)하면서 큰소리를 치며 스스로 위안하고 있었다. 그러다가 갑자기 이 의외의 소식을 듣자 즉시 자신이 거느리던 병사의 전열을 가다듬고 친히 통솔하여 성화같이 급하게 병사를 몰고 와서 장터를 포위했다. 그러자 바람 소리, 학 울음소리에도 겁을 내듯이[117] 인심이 동요하여 사람들이 저마다 원망하며 말했다.

"빌헬름 텔 부자가 말썽을 일으키고 무모하게 규례를 위반해서 병사를 몰고 와 죽음의 화를 자초했구나."

이때 빌헬름 텔 부자는 얼굴에 한 점 걱정하는 형색도 없고 도리어 아직 적수가 없는 것을 애석해하는 모습이었다. 그때 삽시간에 게슬러가 거느린 병사가 도달하니 말과 병사가 모두 굳세고 강하였다. 가련하다. 빌헬름 텔 부자가 손에 견고하고 날카로운 무기를

---

117) 바람 소리, 학 울음소리에도 겁을 내듯이: 風聲鶴唳(풍성학려)라는 사자성어를 풀이한 것이다. 중국 전진(前秦) 때 진왕(秦王) 부견(符堅)이 비수(淝水)에서 크게 패하고 바람 소리와 학 울음소리를 듣고도 적군이 쫓아오는 것이 아닌가 하고 놀랐다는 고사에서 유래했다.

지니지 않았고 다만 적에게 빼앗은 나무 몽둥이가 두 개가 있을 뿐이었다. 어찌 뒤에 닥쳐온 병사들과 비교하리오. 어쩔 수 없이 당당한 눈빛으로 체포당했으나 부자가 걱정하거나 두려워하지 않고 오히려 큰 소리로 웃는 것이 대영웅의 태도였다. 이날 길에 있던 사람들이 모두 이 이야기를 듣고 꿈에서 놀라 깬 것과 같아 고개를 끄덕이고 찬탄하며 이렇게 말하지 않는 자가 없었다.

"이들은 죽음이 닥쳐도 두려워하지 않는 오늘날의 영웅이다. 이 세상에서 이런 사람을 어찌 쉽게 얻으리오."

거리에 떠도는 이야기가 모두 '애석하다. 빌헬름 텔 부자여'라는 것이었다.

차설. 게슬러가 빌헬름 텔을 끌고 가면서 크게 기뻐하니 등 뒤의 칼과 눈에 박힌 못을 빼낸 것 같았다. 즉시 심문하는 자리를 열고 탁자를 두드리며 꾸짖어 말하였다.

"스위스의 천한 종족이 규례를 준수하지 않고 관장(官長)을 업신여기고 관병을 구타하니 아주 대담하구나. 네 죄를 네가 알렷다?"

빌헬름 텔 부자가 이 말을 듣고 분격하여 몸을 솟구치며 위풍당당 살기등등한 화난 목소리로 답하였다.

"게르만 강도야. 우리 땅을 빼앗고 인민을 해함이 이미 여러 해다. 지금 하나를 얻으면 더 큰 것을 바라는 심보로 과거에도 없었고 앞으로도 없을 독수를 뻗쳐 잔인한 학정을 행하니 하늘이 준 양심을 송두리째 잃어버렸구나. 우리가 오늘 특별히 여기 와서 죽음을 맞는 것은 동포를 위하여 분개심을 약간이나마 표출해 원수의 치욕을 씻고자 함에 불과하다. 우리 목을 베려거든 어서 베고 죽으려거든 어서 죽여라. 하필 여러 말로 영웅을 모독하려 하느냐."

　게슬러가 그의 말과 태도가 담대하고 확고하여 조금도 놀라고 허둥대는 형상이 없음을 보고 새삼 노여운 마음이 일어 그를 어서 죽이고자 했다. 빌헬름 텔 부자는 다시 한마디도 하지 않고 다만 떳떳하게 머리를 내어줄 시기를 기다릴 뿐이었다. 정말 그렇다.

　남아가 가장 크게 기꺼운 바는
　죽음 앞에 침착하게 적 꾸짖는 것.

　뒷일이 알고 싶다면 다음 회를 보시오.

제7회

과일 쏘라 명령 빌어 영웅 죽일 모의하고, 노 젓는 배를 얻어 천심(天心) 호걸 구하다. 命射果假手殺英雄 求棹舟天心救好漢

사(詞)

사랑스럽네!	眞堪愛
무너진 나라 구한 영웅들이여.	破家救國英雄輩
수백 번씩 좌절하고	百端挫折
흉한 일을 당하여도	偏遭凶害[118]
은연중에 스스로 계획 있어서	冥冥自有安排在
작은 손실 이용해 큰 승리 노려[119]	挑僵竟使李來代
작은 손실로	李來代
기회 틈타 화 면하고	乘機脫難

---

118) 偏遭凶害(편조흉해): 중국어 원문에는 囚害로 되어 있는데 국한문본에서 凶害로 바뀌었다. 오식일 수도 있으나 어느 쪽이든 의미가 통하기에 국한문본에 따라 번역했다. 중국어 원문을 따르면 '감옥 안에 갇혀서도' 정도로 해석될 수 있다.

119) 작은 손실 이용해 큰 승리 노려(挑僵竟使李來代): 이대도강(李代桃僵)이라는 고사성어를 인유했다. "자두나무가 복숭아나무 대신 쓰러진다"라는 뜻인데 원래는 형제의 우애를 기리는 내용이었다. 그러나 병법서『삼십육계』(三十六計) 중 11계에서 벌레들이 대신 먹을 자두나무 몇 그루를 심어둠으로써 복숭아나무를 많이 살릴 수 있다는 비유로 활용되어 작은 손실을 이용해서 큰 승리를 노린다는 의미를 갖게 되었다.『서사건국지』의 맥락에서는 빌헬름 텔 부자가 스스로 게슬러에게 잡혀서 목숨을 잃을 뻔했으나 결국 이를 계기로 스위스인들의 봉기에 기폭제가 되어 승리를 이끌어 냈음을 비유한 것이다.

구속 피해 자유 얻네.[120]   逍遙事外

위 곡조는 옥교지(玉交枝)[121]다.

각설. 게슬러가 재판정을 열고 심문할 때 게르만 태자 알브레히트가 재판정에 있다가 노한 음성으로 빌헬름 텔을 향하여 물었다.

"너는 내가 올가미를 펼쳐둔 것을 분명히 알면서도 주저 없이 스스로 몸을 던져 법을 시험하였으니 참으로 너를 죽여도 잘못이 없을 것이다. 즉각 교수형에 처할 것이니 여러 말 하지 말아라."

빌헬름 텔 부자가 태연자약하고 담담하게 웃으며 죽음을 두려워하는 기색이 전혀 없고 오히려 목이 빠지게 죽음을 기다렸다. 게슬러가 좌우를 향하여 물었다.

"저 반역자가 우리(Uri) 지역의 빌헬름 텔이 아닌가?"

여럿이 모두 그렇다고 답하니 게슬러가 크게 기뻐하며 말했다.

"그렇군, 그래. 지나치게 노할 필요가 없겠다. 내가 지금 좋은 방법을 하나 얻었다."

그리고 빌헬름 텔을 향하여 물었다.

"네가 오늘 이미 죽을 때가 된 것을 아는가. 단 내가 들으니 네가 평소에 활쏘기에 통달했다고 하더구나. 내가 지금 한 가닥 살아날

---

120) 구속 피해 자유 얻네: 소요사외(逍遙事外)는 범법자가 법률의 제재를 받지 않고 자유롭게 돌아다님을 뜻한다. 빌헬름 텔이 게슬러에게 잡혔다가 도망한 것을 가리킨다.
121) 옥교지(玉交枝): 사(詞)의 곡조명이다.

기회를 네게 주려고 하는데, 네 뜻이 어떠한가?"

빌헬름 텔이 답하였다.

"살아날 길이란 무엇이오?"

게슬러가 말했다.

"내가 네 아들을 저 보리수에 묶어 두고 과일 하나를 그의 머리 위에 놓아 네가 수십 리[122] 멀리 떨어진 곳에서 활로 저 사과를 쏘게 할 것이다. 만약 능히 명중시키면 장차 죄를 면해주고 집에 돌아가도록 놓아줄 것이요, 명중시키지 못하면 네 아들은 필경 네게 죽임을 당하여 부자가 같은 날 황천에 떨어질 것이다. 네가 만약 득실을 따져볼 수단이 있다면 어찌 응하지 않을 수 있겠는가. 양쪽 다 만족시킬 만한 계책이 이 하나에 달려 있으니 너는 한번 생각해 보아라."

빌헬름 텔이 이 이야기를 듣고 나서 머리를 끄덕이며 생각하였다.

'내가 비록 활을 잘 쏜다고 하나 오늘 활을 쏘는 것은 사소한 일이 아니다. 저 사과가 내 아이 머리 위에 있으니 만약 조금이라도 실수를 하면 내가 자기 아이를 죽이게 될 것이요, 아이가 죽으면 나도 죽을 터이니 이게 어찌 좋은 일이겠는가.'

텔이 이리저리 생각하고 앞뒤를 재어보다가 홀연 한 가지 계책을 떠올렸다.

'화살 한 대를 더 달라고 해서 가지고 있다가 만약 첫 번에 사과를 명중시키면 곧 살아날 기회가 있으니 더 말할 필요가 없을 것이

---

122) 수십 리: 국한문본은 數十里이고 중국어본은 十數里로 되어 있다. 길이의 단위인 리는 한국과 중국이 다르고 시대에 따라서도 조금씩 차이가 있으나, 1리가 최소 400m 정도이기에 수십 리든 십수 리든 활을 쏘기에는 비현실적으로 먼 거리다.

요, 혹시 사과를 명중시키지 못하고 내 아이를 쏘게 된다면 내가 다시 한 대로 게슬러를 쏴서 그의 개 같은 목숨을 취해야겠다. 그를 쏘아 죽여도 내가 죽을 것이요, 그를 쏘아 죽이지 않아도 내가 죽을 터이니, 적을 죽이고 나도 죽음이 적을 죽이지 못하고 죽는 것보다 나을 것이다.'[123]

생각이 이렇게 정해지자 게슬러를 향하여 말하였다.

"사과를 쏘아 맞히라는 명을 내가 감히 따르겠소. 내게 화살 하나를 더 주고 내 솜씨를 구경하시오."

게슬러가 좌우에 명하여 활과 화살을 꺼내오게 하고 빌헬름 텔의 쇠사슬을 풀어주라 했다. 그리고 즉시 그 부자를 재판정 밖에 데리고 나가 발터를 보리수나무 아래 묶어두고 사과 하나를 그의 머리 위에 올려놓은 후 빌헬름 텔에게 활을 쏘도록 명하였다. 순식간에 소문이 퍼져서 구경꾼들이 담장처럼 늘어섰다. 남녀 할 것 없이 아이들을 이끌고 저 부자 둘이 어떤 모습으로 어떻게 활을 쏘는지 구경하였다. 설령 정명도(程明道)[124]가 그 현장에 오고 동자(董子)[125]가 이 세상에 있었다 해도 [이 장면을 보기 위해] 눈을 번쩍

---

123) 중국어 원문의 '自古道大丈夫死得其所.就是這個道里."가 생략되었다. "예로부터 말하기를 대장부는 보람 있게 죽을 곳을 얻어야 한다고 했다. 이게 바로 그 길일 것이다."

124) 정명도(程明道, 1032~1085): 중국 북송(北宋)의 유학자인 정호(鄭顥). 우주의 만물은 음양이기(陰陽二氣)의 교감에 의해 생성된다고 생각했다.

125) 동자(董子, BC 176~BC 104): 한나라의 유학자 동중서(董仲舒). 한나라 초기의 사상계가 제자백가의 설로 혼란하고 유교가 쇠퇴하였을 때, 도가의 설을 물리치고 유교 독립의 터전을 굳혔다.

떴을 것이다. 이때 천지가 참담하여 초목이 이를 꾸짖는 듯하고 백성이 이 때문에 눈물을 흘리는데, 오직 빌헬름 텔 부자만 당당하고 떳떳하여 희미하게 비웃음을 띠며 말하였다.

"그대들은 어찌 상심하는가? 그 눈물로 과연 내 생명을 대속할 수 있으며 자유를 되찾을 수 있는가? 대장부는 죽음을 원래 있던 곳으로 되돌아가는 것으로 여긴다고 하였으니 우리가 죽음을 두려워했다면 어찌 이런 일을 벌였겠는가. 단지 원하는 바는 여러분이 이후에 떨쳐 일어나 나라를 구하고 공동의 적 앞에서 협력하여 저 잔인한 병정을 내쫓는 것이오."

이때 감시하던 파수 병정이 꾸짖으며 말했다.

"너희들이 수런수런 무슨 이야기를 하는 것이냐? 다시 한 걸음이라도 지체하면 즉시 너희 다리뼈를 부러뜨릴 것이다."

무리 중에서 혹 천천히 가는 자나 빌헬름 텔 부자와 차마 헤어지지 못하는 자는 병정의 칼등과 곤봉에 맞아서 추풍낙엽처럼 흩어졌다.

이제 활을 쏠 시간이 다가오자 게슬러가 단상 위에 올라서 크게 호령하여 즉시 발터를 제자리에 배치하도록 명했다. 늑대 같은 마음을 지닌 병사 한 명이 있어서 발터에게 속삭이며 말하였다.

"잠시 후면 너는 지옥에 떨어져 염라대왕을 보겠구나. 네 아비가 이처럼 잔인하여 아들을 활로 쏘니 내가 보기에도 네 신세가 가련하다."

그리고서 즉시 사과를 머리 위에 얹어놓고 가니 발터는 알 수 없는 분노가 머리끝까지 솟구쳐서 머리 위의 사과를 떨어뜨렸다. 그가 크게 소리 질러 말했다.

"나는 비록 죽어도 반드시 천당에 가지만, 너희 짐승들은 장차 3천 층 지옥에 떨어질 것이다."

그때 현장에 있던 게르만인이 모두 깜짝 놀라서 더듬거리며 서로 말하였다.

"이 소년이 감옥에 갇혔다가 곧 죽게 된 것이 다행이네. 만약 그렇지 않다면 우리 게르만인이 그에게 어떻게든 짓밟힘을 당했을 거요."

이어서 재차 다른 사과를 머리 위에 올려놓았다. 빌헬름 텔이 화살을 뽑아 활에 걸고 과녁을 향해 조준한 후 천둥소리를 내며 발터의 정수리 위를 향하여 발사하니 바로 한 물건이 땅에 떨어졌다. 마음 졸이느라 제대로 보지 못한 스위스인 한 명이 크게 통곡하며 말했다.

"우리 지사가 죽었으니 이후에는 그 뜻을 이을 사람이 없구나. 우리 다 같이 죽읍시다. 목숨을 부지한들 무엇에 쓰겠습니까."

이렇게 통곡하며 죽기를 바라더니, 어찌 알았으랴. 울음을 진정하고 보니 사람들이 모두 손뼉 치고 갈채하며 천둥 같은 소리를 지르는데, 그 젊은이는 도리어 우뚝하게 홀로 서서 미동도 하지 않고 있었다. 군중이 그제야 빌헬름 텔이 이렇듯 절정의 솜씨가 있음을 알게 되었다. 주변의 모든 이들이 칭찬하며 "하늘이 내린 기회다"라고 하였다. 그러나 대장부는 옥처럼 부시져 죽을지언정 기와로서 구차한 목숨을 부지[126]하지 않겠다는 뜻을 품었으니 어찌

126) 옥처럼 부서져 죽을지언정 기와로서 구차한 목숨을 부지: 각기 원문의 옥쇄(玉

구구하게 생과 사를 따지리오.

　그때 구경꾼들이 점차 흩어졌다. 게슬러가 수염을 쓰다듬고 눈을 치켜떠 허세로 짐짓 위엄있는 태도를 지으며 빌헬름 텔을 향해 말했다.

　"내가 너를 보니 불과 일개 농민일 뿐이라 하루아침에 너를 붙잡아 죽이면 무고(無辜)한 자를 해쳤다고 할 것이기에 이 어려운 과제를 빌어 너희 부자가 스스로 죽기를 기다린 것이다. 네게 번뜩이는 번개마저 놓치지 않는 시력과 구름조차 꿰뚫는 재주가 있을지 내가 어찌 알았겠는가. 이제 만약 너를 놓아주면 장래에 네가 훌륭한 솜씨를 더욱 갈고닦아 여러 호걸과 교분을 맺을 것이니, 우리 게르만이 어찌 능히 강제로 다스릴 수 있겠는가."

　게슬러가 땀을 줄줄 흘리고 놀란 혼이 진정되지 않아 이리저리 생각해 보아도 결정을 내릴 수 없었다. 빌헬름 텔이 나무로 만든 닭처럼 어리석은[127] 그를 보고 도리어 연민의 미소를 띠며, 당황하지 않고 침착하게 큰 소리로 말하였다.

　"대장부가 꽃다운 이름을 백세(百世)에 남기지 않으면 악취를 만년에 남기게 되는 법이다. 네가 일개 영웅인 줄 알았더니 담력도

碎)와 와전(瓦全)을 풀이하여 번역하였다. 玉碎는 명예나 충절을 위하여 깨끗이 죽음을 이르는 말이다. 반대로 瓦全은 체면이나 절의를 돌보지 않고 구차히 삶을 꾀하는 것을 비유한다.

127) 나무로 만든 닭처럼 어리석은: 『장자』(莊子) 외편(外篇) 「달생」(達生)에 싸움닭을 훈련시켜 마치 나무로 만든 닭처럼 태연자약하게 만들었다는 고사가 나온다. 목계양도(木鷄養到)나 목계지덕(木鷄之德)은 상대가 아무리 도발해도 평정심을 유지하는 덕을 일컫지만, 반대로 매약목계(呆若木鷄)는 나무 닭처럼 어리석음을 뜻한다.

없고 능력도 없구나. 네가 오늘 이런 사소한 사정으로도 혼비백산하니 무슨 조조(曹操)가 되며 무슨 왕망(王莽)[128]이 되겠는가. 내가 사과를 쏘라는 제안에 응할 때 먼저 네게 화살을 두 대 달라고 한 것이 어찌 이유가 없었겠느냐. 네가 사과를 맞추라는 제안을 빌어 내 아들을 죽이고자 하니, 다행히 사과를 명중시키면 아들을 다치지 않게 할 것이나 불행하면 부자가 함께 죽게 되리라는 너의 악독한 마음을 내가 어찌 몰랐겠는가. 그렇기에 내가 화살 한 대를 더 청하여 먼저 한 발을 쏘아 사과를 명중시키면 그만일 것이요, 만약 사과를 맞추지 못하고 내 아들을 다치게 하면 화살 한 대를 다시 쏘아 너의 천한 목숨을 취하려 했으니 오늘이 곧 네 목숨이 위태로운 때였다."

게슬러가 이 이야기를 듣고 다시 한번 놀라서 탁자를 두드리며 꾸짖었다.

"스위스의 천한 종족이 반역의 마음을 품어 고국을 회복하려 하고 우리 게르만의 당당한 대국을 멸시하는구나. 만약 너희들을 일찌감치 뿌리 뽑지 않으면 장래에 잡초가 우거지듯 세력이 커져서 우리 게르만이 퇴보하게 될 것이다."

이렇게 말하는 사이에 분노가 다시 치밀어 올라 즉시 명령을 내렸다.

"빌헬름 텔 부자를 다시 결박하라."

---

128) 왕망(王莽, BC 45~23): 중국 전한 말의 정치가이며 신(新)왕조(8~24)의 건국자. 갖가지 권모술수를 써서 최초로 선양(宣讓, 혈통상 아무런 관계가 없는 사람에게 왕위를 물려줌)의 형식으로 전한의 황제 권력을 찬탈했다.

한 번 소리 지르자마자 사방을 둘러싼 병사들이 일제히 다가와 삽시간에 부자를 결박하여 감옥에 가뒀다. 게슬러가 고개를 끄덕이며 생각하였다.

　　'내가 지금 저 부자를 즉시 목매달아 죽이려 하면 저들 도당이 달려와 빼앗으려 할까 두렵다. 또 만약 그를 빨리 해치지 않으면 무궁한 화가 생길까 걱정이다.'

　　이리저리 생각하다가 홀연 한 가지 계책을 떠올렸다.

　　'빌헬름 텔 부자를 퀴스나흐트[129] 지방으로 호송한 후에 조용히 죽이자. 그러나 만약 낮 동안에 호송하면 너무 시끄럽게 알려지게 될까 걱정이니 오늘 밤에 달빛 어둡고 야심하여 인적이 드문 시간을 틈타 배 한 척을 내서 물길로 떠나는 것이야말로 좋은 계책이 아니겠는가.'

　　계획이 정해지자 즉시 퇴청하여 어떤 방법으로 범인을 호송할 것인지 병정들에게 두루 알리고 방으로 물러가 앉아서 밤이 오기를 기다렸다. 시간이 물처럼 흘러서 깨닫지 못하는 사이 새가 날개 접고 둥지로 돌아가고 태양이 서편으로 기울었다. 게슬러가 기구(器具)를 취합하고 군사를 정비한 후 큰 배 한 척을 빌렸다. 병정이 옥중에서 빌헬름 텔 부자를 끌어낸 후 밀거니 에워싸거니 하며 끌고 가서 배에 태운 후 게슬러가 도착하자 즉시 닻줄을 풀고 출발했다. 어기영차 노 젓는 소리가 물소리와 뒤섞였다.

---

129) 퀴스나흐트(克拿虜多, Küssnacht): 스위스 슈비츠 지역의 마을로 실러의『빌헬름 텔』에서 게슬러가 빌헬름 텔을 끌고 가려는 목적지로 나온다.

하늘이 맑고 날씨가 좋다가 뜻밖에도 갑자기 검은 구름이 끼고 천둥이 울렸다. 번갯불이 번쩍번쩍 치니 마치 교룡이 하늘로 오르는 듯하고, 흰 파도가 철썩철썩 치는 소리는 흡사 호랑이가 울부짖는 것 같았다. 배가 물 아래에 잠긴 것과 마찬가지로 움직이니 선실에도 바닷물이 매우 많이 밀려들어 왔다. 이때 게슬러가 배 안에 앉았다가 두려워서 몸을 부들부들 떨며 흡사 넋이 빠져나간 것 같은 모습이었다. 급히 서두르며 병정을 향하여 물었다.

"누구든 나를 구해줄 수 있으면 마땅히 귀중한 상을 받을 것이다."

그러나 이때 수십 명의 병정이 단지 하늘만 쳐다보며 속수무책으로 죽기를 기다리니 어찌 감히 다른 사람을 구하겠다고 말하겠는가. 홀연히 한 사람이 대답하였다.

"대인(大人)은 괘념치 마십시오. 오늘 밤 호송하는 죄인이 어릴 적부터 활쏘기를 잘할 뿐 아니라 배를 잘 모는 것으로도 명성이 있습니다. 그를 풀어서 여기 데리고 와 배를 조종해달라고 청해서 만일 그가 응낙하면 우리가 위험을 벗어날 수 있을 겁니다."

게슬러가 곧 하인에게 명하여 그를 데려오라 했다. 게슬러가 빌헬름 텔과 마주 서서 가련하고 경외하는 모습을 보이며 오직 텔이 승낙하지 않을까 봐 두려워했다. 속담에 "자신을 낮추고 다른 사람을 예우하면 반드시 얻는 바가 있다"라고 함과 같다. 게슬러가 말했다.

"네가 만약 사공 대신 내 배를 저쪽 기슭까지 닿게 하여 배에 있는 모든 사람의 목숨을 구하면 너희 부자도 또한 물고기 밥이 되지 않을 것이요, 내가 곧 너희 부자를 사면하여 다시 감옥에 가두지 않겠다."

빌헬름 텔이 바로 응낙하려고 하는데 발터가 크게 소리쳐 말했다.

"아버님께서는 저 허황하고 잔악한 독부(獨夫)[130]의 말을 믿지 마십시오. 그가 과연 약속을 천금과 같이 여기는 자였다면 법정에서 사과를 맞혔을 때 우리가 이미 살아나게 되었을 터이니 하필 오늘까지 기다렸겠습니까."

발터의 눈이 이글거리며 게슬러의 살점을 씹어먹을 것 같은 기세였다. 빌헬름 텔이 이미 마음에 완성된 대나무를 가지고 그림을 그리듯 다 계획이 있어서 두말없이 응낙한 것임을 어찌 알았겠는가. 텔이 머리를 돌려 그 아들을 향해 대답하였다.

"너는 다시 성난 소리를 크게 내지 말아라. 내가 생각하는 바가 있다."

발터가 말하였다.

"아버님께서는 저 헛소리에 속지 마십시오. 우리 두 사람이 익사하는 것은 스위스에 큰 상관이 없는 사소한 일이며 인자(仁者)가 살신성인하는 것이 아니겠습니까. 그러나 저 탐관오리가 죽으면 우리 스위스가 생존의 기회를 얻어 복수할 때를 바랄 수 있을 것입니다."

빌헬름 텔은 그 아들이 혈기가 왕성하여 생사를 돌아보지 않으나 다만 나이가 어려 기회를 틈타 적을 죽일 지략에 밝지 않은 것을

---

130) 독부(獨夫): 인심을 잃어서 도움 받을 곳이 없게 된 외로운 남자. 악정을 행하여 국민으로부터 따돌림 받는 군주를 일컫는다.

깊이 헤아리고 대답하였다.

"네가 알지 못하는 것이 있다. 이 아비가 어찌 스위스 국민이 아니며 또 어찌 국민의 중대한 책임을 알지 못하겠느냐. 너는 가만히 앉아 있거라. 내게 방법이 있다."

텔이 말을 다 마치기도 전에 게슬러가 수심이 어렸던 미간을 펴고 가볍게 웃으면서 즉시 병정에게 명하여 그 부자의 쇠사슬을 다 풀어주라 하였다. 그때 빌헬름 텔 부자는 교룡(蛟龍)이 뇌우(雷雨)를 만나 날개를 펼치고 날아오르며 대붕(大鵬)이 힘차게 움직여 구름 위로 곧장 날아감과 흡사하였다. 텔이 즉시 뱃머리로 달려나가 노를 가볍게 들고 수월하게 노를 젓는데 비바람이 여전하여 한 치 앞도 볼 수 없었다. 그가 다시 한 계책을 떠올리고 노를 저어 배를 악센[131] 지방으로 몰아갔다. 배가 기슭에 닿자 즉시 발터를 뭍으로 올려보낸 후 숲속에 몸을 숨기라고 은밀히 당부했다. 그리고 다시 노를 저어 얼마쯤 간 후 자기도 뭍으로 달려 올라가 호숫가 동굴에 몸을 숨기고, 저 배가 가라앉는지 떠오르는지는 상관하지 않았다.

이때 비바람이 잠시 멈춰서 하늘이 희미하게 밝아왔다. 게슬러가 뱃머리에 올라 보니 빌헬름 텔 부자는 이미 도망가고 또 주변 지역을 보니 퀴스나흐트가 아니었다. 매우 화가 나서 즉시 병정에게 명하여 노를 저어 뭍으로 올라가 빌헬름 텔 부자의 행적을 찾으

131) 악센(亞爾他/Axen): 실러 원작에 텔이 폭풍우 속에서 퀴스나흐트가 아닌 악센(Axen) 산기슭으로 배를 몰아 뛰어내렸다는 이야기가 나오는 것으로 보아 亞爾他는 악센의 한자 음역일 가능성이 크지만 확실하지 않다.

라 했다. 병정이 명에 따라 어기여차 뱃노래 한번 부르는 사이에 배가 이미 기슭에 도달하였다. 게슬러가 즉시 혼자 질주하여 악센으로 향해 갔다. 정말 그렇다.

저 하늘은 영웅을 곤고(困苦)케 안 해
구사일생 살아서 큰 쓰임 얻네.

뒷일이 어떻게 되는지 알고 싶으면 다음 회를 보시오.

제8회

위험 벗은 기세 타서 적의 신하 주살하고, 시기 좋아 의거하여 옛 나라 회복하다. 脫危險乘勢誅賊臣 趁時機擧義恢舊國

사(詞)

호걸은 본래 죽음 두렵지 않아	畏死原非豪傑
기회 틈타 낭관(狼官)을 죽이려 하다.	乘機可殺狼官
중도에 훌쩍 뛰어 강변으로 넘어가고	半途一躍越江干
저들 배 침몰하고 노 부러졌네.	任彼舟沈棹斷

적들이 남 죽이길 계략 삼으니	賊以殺人爲計
내 어찌 적 안 죽여 편안해지리.	我非殺賊難安
보아라 화살 한 대 들개 쏘아 죽이고	試看一剪滅狐犴
이후로 통치 계통 다시 이었네.	統緖從玆再纘

위 곡조는 백빈향(白蘋香)[132]이다.

각설. 게슬러는 늑대 같은 분노가 가득하고 노기가 등등하여 다

___
[132] 백빈향(白蘋香): 사의 곡명. 6.6.7.6의 쌍조로 되어 있다. 서강월(西江月), 보허사(步虛詞) 등으로도 불린다.

리 힘을 아끼지 않고 뛰어갔다. 눈은 어지럽고 귀에는 열이 나고 땀은 비 오듯 하는데, 하물며 비 온 후의 도로라 진흙탕이 되어 달리기가 어려웠다. 또 평소 가본 길이 아니기에 동서를 분간하지 못하여 꼬불꼬불한 길을 헤쳐가고 깊은 숲에서 끙끙대며 길을 만드느라 시간 가는 줄 모르니 그 고초가 몹시 가련할 지경이었다. 이렇게 내닫는 사이에 새들은 다투어 둥지로 향하고 밥 짓는 연기는 사방에서 일어나며 나무꾼은 땔감을 지고 돌아가고 목동은 송아지 타고 귀가하였다. 천고의 영웅이라도 이런 저녁 풍경을 대하면 날이 저물고 길이 끊긴 듯한 마음이 부쩍 올라올 터였다. 하물며 일개 간웅(奸雄)인 게슬러가 도모한 바를 이루지 못한 상황에서 이런 풍경을 접하니 어찌 마음이 재가 되고 의지가 차갑게 식는 듯한 감상이 일지 않았겠는가.

각설. 빌헬름 텔이 동굴에 몸을 숨기고 감히 나오지 못하는 사이 어느덧 해가 지고 황혼이 되었다. 갑자기 뱃속이 천둥처럼 울리고 배고픔이 밀려오자 아들도 숲속에 숨어 있다가 이처럼 배가 고플 것이라는 생각이 떠올랐다. 주저하면서 사방을 둘러보다가 건너편을 보니 불빛이 번뜩이고 사람 소리가 점차 들려 크게 들렸다. 마음에 불현듯 떠오르는 바가 있어 손가락을 꼽아 계산해보니 오늘이 바로 애국당이 의거를 일으키기로 한 날이었다. 새삼 기쁨이 밀려와서 배고픔도 잊고 즉시 밤을 틈타 숲속으로 걸어가서 아들을 찾았다.

아들도 한창 배고프던 참에 갑자기 사람 소리가 가까이 다가오는 것을 들었다. 놀라 일어나서 게슬러의 군사가 쫓아오는 것이

아닌가 두려워 숲으로 더 깊숙이 들어갔다. 이때 마침 빌헬름 텔이 숲에 당도해 아들이 보이지 않자 의심과 걱정이 일어나 입으로 암호 소리를 냈다. 아들이 이 소리를 듣고 부친이 자신을 찾으러 온 것이지 게슬러의 병사가 아님을 분명히 알고 황급히 달려 나왔다. 부자 둘이 만나 손을 맞잡으니 희비가 교차하였다. 빌헬름 텔이 물었다.

"배가 많이 고프겠구나. 아비도 동병상련이나 이 땅은 숲과 대나무만 무성하고 모래와 돌뿐이니 어찌 먹을 것이 있겠느냐."

발터는 부친이 이렇게 말하는 것을 듣고 위로하는 말로 대답했다.

"제가 들으니 영웅호걸은 백 번 꺾이고 천 번 갈리는 것과 같은 온갖 역경과 구사일생을 예삿일로 여긴다고 합니다. 2, 3일간의 사소한 배고픔을 어찌 두려워하겠습니까?"

빌헬름 텔이 고개를 끄덕이고 감탄하며 다시 말하였다.

"아들아, 오늘 밤이 무슨 날인 줄을 기억하느냐. 오늘 밤은 우리 스위스 애국당이 거사하기로 한 날이다. 내가 동굴에서 건너편 지방을 보니 번뜩번뜩한 불빛이 보였는데 이는 바로 봉화 신호다. 우리 부자가 이곳에 숨어 있어도 소용이 없으니 즉시 건너편 지방으로 가서 동지들과 결합하도록 하자. 이 기회를 틈타 게슬러를 쏘아죽이면 어찌 좋지 않겠느냐."

발터가 고개를 끄덕이며 대답하였다.

"아버님께서 가고자 하시면 소자도 생사를 함께 할 것입니다."

빌헬름 텔이 즉시 길을 떠나니 이 밤에 하늘은 맑고 공기는 청량하며 하늘 가득 별이 총총했다. 부자가 기뻐 덩실거리며 성큼성큼

걸어갔다. 이때 훈풍이 남쪽에서 불어오고 달빛이 촛불처럼 밝으며 멀고 가까운 물소리가 들리고 높고 낮은 산 그림자가 드리워 심기가 탁 트이니 이루 말할 수 없이 유쾌하였다.

이들이 손을 맞잡고 함께 걸어 건너편 지방에 도착했을 때, 마침 아르놀트는 저들 부자가 고초를 겪는 것을 생각하며 구출 방법을 모색하고 있었다. 그런데 갑자기 빌헬름 텔 부자가 진영 앞에 도착하니 눈을 들어 그들을 보면서도 이게 사람인지 귀신인지 알 수 없었다. 반신반의하며 감히 말을 꺼내지 못하는데 홀연히 그 부자가 한목소리를 내며 앞으로 나와 악수하자 비로소 그가 아직 죽지 않은 줄 알게 되었다. 슬픔이 기쁨으로 바뀌어 몸을 숙여 인사하고 이들을 진영 안으로 이끌고 가서 지난 일을 이야기했다. 고초를 당하던 상황과 도망친 방법을 물으니 빌헬름 텔 부자가 손으로 이마의 땀을 닦은 후 그 정황을 일일이 알려주었다. 아르놀트가 다 듣고 나자 등에 땀이 흘렀다. 손뼉 치고 찬미하며 말하였다.

"그대가 나라와 백성을 구하고자 한 정성이 가히 천지를 상대할 만하기에 몸이 호랑이 입에 들어가도 오히려 목숨을 부지할 수 있었던 것이라네. 저 하늘이 분명 우리를 도와 대사(大事)를 이루게 할 것일세."

이어서 당원에게 돗자리를 깔게 하고 술잔을 주거니 받거니 진탕 마시며 달빛 아래 취했다.[133] 모두가 나랏일을 자임하였다. 사람

---

133) 돗자리를 깔게 하고 술잔을 주거니 받거니 진탕 마시며 달빛 아래 취했다: 원문은 '開筵痛飲에 飛觴醉月하니'. 이백(李白)의 「춘야도리원서」(春夜桃李園序)에 나오는 '비상취월'(飛觴醉月)이라는 구절을 인유하였다.

들이 빌헬름 텔 부자가 곤경을 피해 돌아온 것을 보고 새삼 경애하는 마음이 들어 각자 존경의 술 한 잔씩을 올리니 빌헬름 텔이 술에 취해 귓불이 불콰해졌다. 또 여러 사람이 함께 텔의 연설을 청하는데 박수 소리가 한밤에 솔잎이 바람에 뒤척이는 소리처럼 아름답게 울리며 귀를 가득 채웠다.[134] 사양하는 것은 의가 아니기에 텔이 발걸음을 옮겨 단에 올라서 무리를 향하여 인사한 후 도도히 흐르는 강처럼 말문을 열고 흐르는 물 같은 소리로 연설을 시작했다. 그의 연설이 모두 인심을 격발하는 것이고 또 적을 죽일 방법도 일일이 펼쳐 말했다. 그 말이 다음과 같았다.

"나는 멀리 바라보며 시국의 어려움을 근심하고[135] 우리 고국에 관심을 두고 온갖 죽을 위험을 무릅쓰면서 노예 상태에서 벗어나기를 추구하였습니다. 그리하여 작년 모월에 게슬러의 기(旗)를 내리고 모자에 경례하지 않았다가 결국 곤경에 처하게 되었습니다. 그 후에 그가 사과를 쏘아 맞히라는 명분을 빌어 우리 부자가 스스로 죽도록 했지만, 다행히 하늘이 불쌍히 여겨 화살 한 발로 사과를 명중시켜 부자가 함께 죽는 일을 면하였습니다. 그러나 게슬러의 늑대 같은 마음은 예측하기 어려웠습니다. 그는 자기 음모가 이뤄지지 못하자 다시 우리 부자를 퀴스나흐트 지방으로 압송한다며

---

134) 아름답게 울리며 귀를 가득 채웠다: 원문은 "洋洋盈耳한지라"다. 『논어』(論語) 「태백」(泰伯) 장에 나오는 "師摯之始, 關雎之亂, 洋洋乎! 盈耳哉"라는 구절을 인유하였다.

135) 멀리 바라보며 시국의 어려움을 근심하고: 원문은 '蒿目時艱'이다. 『장자』(莊子) 「변무」(駢拇)에 "今世之仁人, 蒿目而憂世之患"라고 한 데서 온 말이다. '蒿目'을 쑥(蒿)처럼 '수척하고 초췌한 눈빛'으로 해석하기도 한다.

한밤중에 길을 떠나 저쪽 기슭에 닿으면 우리를 죽이려고 하였습니다. 마침 광풍이 불고 밤비가 내려 매우 위험하기에 내게 배를 조종해달라고 절박하게 청하니 내가 이 기회를 틈타 위험을 벗어날 수 있었습니다. 그러고는 아침 일찍부터 밤늦게까지 쉼 없이 걸어서 마침내 여기에 도착한 것입니다. 여러 군자께서 한뜻으로 힘껏 연설을 추천하신 까닭에 제가 비루하지만 지난 일을 들어 말씀드린 것입니다.

그러나 제가 오히려 청할 것이 있습니다. 무엇인가 하면 제가 위험을 벗어나 도망간 것을 적장 게슬러도 알아차렸을 것입니다. 어제 동굴에 몸을 숨기고 있었을 때 쫓아오는 소리를 들었는데, 바로 게슬러가 우리 부자를 쫓아오는 것이었습니다. 제가 오늘 저녁 여러 군자와 만난 것은 호랑이 아가리에 들어갔다가 겨우 살아난 것과 다를 바 없습니다. 이제 여러 군자가 한마음으로 협력하여 옛 나라를 회복하려 하니 회복을 도모함에는 반드시 적을 죽이는 것이 먼저일 것입니다. 제가 활과 화살을 가지고 동굴로 돌아가서 게슬러가 오는 것을 기다렸다가 활을 당겨 힘껏 쏘겠습니다. 그가 죽으면 큰일을 이루기가 더 쉬울 것입니다. 여러 군자는 어떻게 생각하십니까? 바라건대 현명하신 여러분께서 제가 미처 깨닫지 못한 부분을 바로잡아 주시면 동포의 행복이 클 것이요, 스위스의 행복 또한 클 것입니다."

연설을 마치자 자리에 앉은 이들이 모두 박수하며 그 묘책을 칭찬했다. 이에 다시 술잔을 씻고 술을 마시며 이야기를 나누는 동안 어느새 닭 울음소리가 새벽을 알리고 붉은 해가 높이 떴다.

소슬한 새벽바람과 난만한 봄빛이 한 폭의 아름다운 풍경을 더욱 새롭게 하였다. 빌헬름 텔이 활과 화살을 챙기고 전투복을 차려입고서 무리를 향하여 말하였다.

"내가 지금 동굴에 다시 가서 게슬러를 쏠 것이니 여러 형제는 청컨대 여기 계셔서 동정을 살펴 주십시오."

말을 마치자 늠름하고 경쾌한 태도로 하늘 높은 곳을 우러르며 건너편 지방의 동굴로 향해 갔다.

각설. 게슬러가 배에서 내려 기슭에 오른 후부터 꼬박 하루를 달렸으나 빌헬름 텔 부자의 종적을 볼 수 없었다. 풍찬노숙하여 하룻밤을 지내고 다음 날에 수색을 재개하여 동분서주하며 노고를 마다하지 않았다. 이때 빌헬름 텔이 이미 동굴에 당도한 후 몸을 숨기고 있다가 게슬러가 달려오는 것을 보자 화살 하나를 쏘아 그의 머리를 명중시켰다. 게슬러가 머리에 통증을 느끼고 눈이 아득해지며 땅에 쓰러졌다. 빌헬름 텔이 다시 한 발을 쏘아 그의 복부를 맞히니 게슬러가 악 하는 외마디 소리를 지르며 죽었다. 빌헬름 텔이 이루 말할 수 없이 기뻐하며 동굴 속의 오래된 돌에 낀 이끼를 치우고 시 한 수를 지어 이곳에서 적을 죽인 일을 기념하였다.

머리 아직 안 잘리니 값을 어찌 알겠으며	頭今未斷安知價
나라 장차 망하는데 자기 몸값 계산하랴.[136]	國就淪亡尚計身

---

136) 머리……계산하랴: 과거에 적장의 머리를 베어 오면 후하게 보상한 관습에 따라 죽기 전에는 자신의 몸값을 알 수 없다고 한 것이다. 국망의 상황에서 죽음을 피하지 않고 저항하겠다는 의지의 표현으로 이해될 수 있다.

드넓은 천지건만 동굴 속에 머무르며   莽莽乾坤留洞穴

나 구하고 적을 죽여 우리 백성 구제하리.   救予殺賊拯斯民

그 옆에는 다음과 같이 썼다.

호랑이 아가리에서 살아난 스위스 우리 지방의 빌헬름 텔 지음

빌헬름 텔이 이 시를 지은 후 활과 화살을 챙겨 몸에 두르고 노래를 읊으며 돌아갔다. 곧장 건너편 지방에 도달하여 애국당과 재회했다. 그때 당원들이 한창 고대하고 있다가 그가 돌아오는 것을 보니 얼굴 가득 기쁜 빛이 분명 게슬러를 쏘아 죽인 것임을 알고 일제히 손뼉을 치며 치하하였다. 아르놀트가 기쁨의 북소리를 듣고 방 안에서 뛰어나와 빌헬름 텔과 악수하고 기뻐서 펄쩍펄쩍 뛰면서 말하였다.

"우리 스위스에 살아날 기운이 있구나."

좌우의 당원들이 손뼉을 치며 화답하니 기쁜 웃음소리가 높은 산에 흐르는 물소리 같았다. 여럿이 담소를 나누는 사이 문득 한 소년이 손을 들고 큰 소리로 말하였다.

"청컨대 여러분은 지나치게 기뻐하지 마십시오. 어린 아우가 한 마디 드릴 말씀이 있습니다."

무리가 기쁜 탄성을 잠시 멈추고 단정하고 엄숙하게 앉아 그가 말하는 것을 들으니 이 소년은 누구인가? 바로 빌헬름 텔의 아들 발터였다. 그가 말하였다.

"저희 아버님께서 오늘 게슬러를 죽였으니 그 병정들이 분명 이를 알았을 것입니다. 그들이 알브레히트 앞에 달려가서 군마를 정비하여 돌아와 우리를 붙잡고자 할 것입니다. 우리가 만약 서둘러 기의(起義)해서 전장에 나아가 그들이 아직 준비되지 않은 틈을 타서 불시에 공격하지 않는다면, 그들 병력을 당해내기 어려울까 걱정입니다. 여러 형제께서는 어떻게 하시겠습니까?"

이야기를 마치자 무리가 모두 이 말이 합리적이라고 칭찬하였다. 아르놀트가 단에 올라 말하였다.

"발터군이 말한 바가 과연 도리에 합당합니다. 우리는 마땅히 정신을 진작하고 분발해야 합니다. 또 공동의 적에 대한 적개심을 갖고 싸움에 임하여 결코 물러나면 안 됩니다. 그래야 우리 과거의 국세(國勢)를 회복할 기약이 있을 것입니다."

이에 날짜를 정하여 군량과 무기를 준비하고 일을 맡을 인원을 분배하고 즉시 산으로 가서 한 차례 시범 훈련을 하였다. 빌헬름 텔은 무리가 모두 용맹정진함을 보고 마음이 매우 흐뭇하여 무리를 향하여 말했다.

"후일 기의할 때 제군은 모름지기 긴장을 늦추지 말아야 하지만 오늘 훈련과 똑같이만 하라."

무리가 일제히 소리 높여 답하였다.

"어찌 감히 명을 따르지 않겠습니까."

무리가 빌헬름 텔을 천거하여 대원수로 삼고 아르놀트를 대장군으로 삼고 발터를 선봉으로 삼아 모든 책임을 위임하였다. 이때 사람마다 뜨거운 마음이 불과 같아 진실로 옛 나라를 회복할 때까지 멈추지 않겠다는 기개가 있었다. 정말 그렇다.

나라 회복 무엇이 어려울쏘냐.
무리의 뜻 성(城) 되어 일을 이루리.

뒷일이 과연 어떻게 되는가. 다음 회가 알려줄 것이다.

제9회

대사를 성공시켜 공화국을 세우고, 중흥을 이룩하여 상하 평등 권리 얻다. 成大事共和立國政 奠中興上下得平權

사(詞)

의로운 무리 함께 깃발 든 거사	義黨揭竿同擧事
나라 원수 갚기 전엔 그치지 않네.	國仇不復終難止
청천의 벽력같은 천둥소리에	靑天霹靂一聲雷
싸워 고토를 회복하였네.	故土得爭回
힘 합쳐 분발하여 강린과 겨뤄	合群憤與强隣鬪
북을 울려 사로잡고 머리를 벴네.	一鼓而擒皆授首
큰일을 이뤘으니 전국 기쁨에	事成全國盡忻歡
장차 즐겁고 평안하겠네.	將樂且將安

위 곡조는 경공성(慶功成)[137]이다.

　각설. 게슬러는 빌헬름 텔 부자가 모두 도망가 버린 것을 보고 배를 두고 강기슭에 올라가 그들의 종적을 추적하다가 텔의 화살에 맞아 죽었다. 그 병사들이 게슬러가 여러 날 돌아오지 않자 의구심

---

137) 경공성(慶功成): 사(詞)의 곡명이다.

이 일어나 마침내 산으로 찾아왔다. 과연 화살을 맞아 죽은 게슬러의 시체가 비바람을 맞고 있었다. 분명 빌헬름 텔의 손에 죽은 줄 알고 시체를 거둬 관청으로 돌아갔다. 한편으로 빌헬름 텔의 종적을 수소문하고 다른 한편으로 알브레히트에게 보고하였다. 이때 알브레히트가 그 병정이 시체 한 구를 받쳐 들고 관아로 향해 오는 것을 보았다. 처음 생각에 이는 필시 빌헬름 텔이 죽임을 당해서 그 시체를 끌고 돌아오는 것이라고 여겨 기쁨이 가득했는데, 의외로 병사가 이렇게 말하였다.

"게슬러 대인이 역적 빌헬름 텔의 화살에 죽임을 당하였습니다."

또 아울러 정황과 이유를 일일이 아뢰었다. 알브레히트가 다 듣고 나서 눈물이 비처럼 쏟아짐을 금치 못하여 크게 통곡하는데 홀연히 또 한 명의 병사가 달려와서 보고하였다.

"애국당이 근방에서 깃발을 올렸다 하옵니다."

알브레히트가 놀라고 분한 마음에 즉시 명령을 내려 게르만 병사 수천 명을 징집하여 앞장서 싸우게 하고, 아울러 배에 병사를 싣고 가서 수륙 협공을 계획하였다.

차설. 애국당의 기세가 세차게 들끓어 올라 새로 입회하는 자가 날마다 늘어났다. 빌헬름 텔은 여러 사람이 다른 마음을 품으면 하나로 뭉치지 못할까 걱정하여 노래 한 수를 지어 무리의 뜻을 갈고 다듬으니, 곡명은 「동맹회복가」였다.

나라 망할 때   亡國際

계책 있는가.   如何計

자유 잃고서	失自由
노예 되었네.	爲奴隸
고개 돌려 고향 보니	回首故邦
눈물 흘러 떨어지네.	潛然隕涕
하늘 어찌 자비 없어	豈天不仁
우리 세력 뺏어 가랴.	奪吾舊勢
외려 사람 나약하고	抑人懦弱
분발 애씀 알지 못해	不知憤勵
당당한 스위스 나라가	堂堂瑞士國
이리에 삼킨 바 된 게지.	長此狼吞噬
들자니 대장부 된 자는	我聞大丈夫
타인의 압제를 안 받네.	不受人箝制
슬프다 우리네 동포는	哀此我同胞
자괴감 없다고 말하랴.	云胡不自愧
열심히 분발함 있다면	發憤大有爲
강린이 두려워 안 하랴.	強隣豈足畏
하물며 게르만 저들은	況彼日耳曼
횡포가 악귀와 같아서	橫行如鬼厲
하늘과 토지의 신들이	皇天與后土
저들을 용인치 않으리.	豈容他在世
나 지금 의로운 기 드니	我今舉義旗
단연코 말할 바 있도다.	斷非無所謂
하나 돼 동포를 구하고	一以救同胞

하나 돼 천제를 따르며	一以順天帝
우리네 옛 나라 되찾자.	恢復舊邦家
온 나라 동등한 관계와	擧國同關係
공동의 적 향한 분개로	憤乃同仇懥
한 마음 서로를 도우세.	和衷以共濟
의 보면 당장에 행하고	見義當有爲
때 익기 기다림 멈추라.	無使深根蒂[138]
내년 봄 정월달에 날을 정하여	擇定明年春正月
산해(山海)에 맹세하고 함께 지키세.	共守山盟與海誓
한 번에 일으켜서 성사 못 하면	倘敎一擧事不成
국민의 피 흘림이 영속하리라.	國民流血永相繼
인자는 제 몸 죽여 인을 이루니	仁者殺身以成仁
천고의 영웅과도 견줄 만하네.	千古英雄堪比例
천만번 분발하세 우리 동포여	萬千憤勵我同胞
장부는 일에 임해 지체 안 하니	丈夫臨事無濡滯
목숨 바쳐 자유권 되찾아 오세.	頭髗擲還自由權
어찌 손을 놓고서 죽기 바라리.	安能束手以待斃

138) 때 익기 기다림 멈추라(無使深根蒂): 황정견(黃庭堅)의 시 「증동파」(贈東坡)에 나오는 "醫和不並世, 深根且固蒂"라는 구절을 인유하였다. 스스로를 풍냉이(苓)라 는 약초에 비유한 화자가 의화(醫和) 같은 명의가 이 세상에 없다면 뿌리를 깊이 박고 꼭지를 단단히 하며 때를 기다리겠다는 내용이다. 혼탁한 세상에 나가지 않고 수신(修身)하며 때를 기다리는 은군자(隱君子)의 태도를 긍정적으로 노래한 것이다. 그러나 「동맹회복가」에서는 의를 위해 당장 궐기할 것을 촉구하면서 오히려 이러한 은군자의 태도를 비판하고 있다.

후일 우리 정체는 공화국이니	他日政體立共和
응당 민권 융성코 귀해지리라.	應將勃勃民權貴
애국 마음을	愛國心
함께 연마해	同磨礪
절대 중도에	千不可
포기 말지라.	半塗廢

이 노래를 다 짓고 난 후 한 사람이 부르면 백 사람이 화답하였다. 사람들이 저마다 주먹을 문지르고 손바닥을 비비며 잔뜩 별러 창검을 휘두르니 적이 이 모습을 보면 분명 마음이 꺾이고 낙담할 터였다.

각설. 게르만 병사가 여러 일을 처리하고 즉시 출발하여 수륙 양쪽으로 진군하였다. 이때는 바로 애국당이 깃발을 올려 의거를 일으킨 때였다. 주변의 스위스 사람 중 노쇠하거나 유약하여 종군할 수 없는 이들도 「동맹회복가」를 듣고 격발되었다. 목숨을 아까워하지 않고 군인들 앞에 나아가 식량을 바치는 자, 차와 술을 올리는 자, 옷을 바치는 자, 물건을 대신 나르는 자 등 곳곳에서 모두가 앞다퉈 나서고자 했다.

대군이 반나절을 행군하여 모르가르텐[139] 지방에 도착하여 게르만 병사와 만나게 되었다. 각기 진지를 구축하니 빌헬름 텔이 사방

---

139) 모르가르텐(馬路加汶, Morgarten): 실러 원작에는 등장하지 않지만 1315년 모르가르텐 전투는 스위스 보병이 오스트리아 기병을 무너뜨려 스위스 독립의 기초가 된 중요한 사건이었다.

에 장사진(長蛇陣)[140]을 벌여놓고 손에 큰 쇠도끼 한 자루를 들고 머리에 은 투구를 쓰고 몸에 갑옷을 입고 위풍당당하게 진두에 나와 큰 목소리로 외쳤다.

"너희 게르만이 죽을 때가 되었도다. 너희 장수는 이리 나와서 말하라."

군사가 장막 안에 통보하니 알브레히트가 크게 노하여 말하였다.

"스위스 천한 종족이 감히 이처럼 함부로 지껄이며 [우리를] 모욕하는가? 참으로 제 분수를 모르는구나."

알브레히트가 마침내 진영 앞으로 말을 끌고 나가서 빌헬름 텔을 상대했다. 머리에 금 투구를 쓰고 몸에 가죽 갑옷을 둘렀으며 손으로 자웅보검(雌雄寶劍)[141]을 휘두르며 크게 꾸짖어 말했다.

"너희 뻔뻔한 것들이 감히 상국(上國)을 상대로 대적하느냐. 너희 조상도 노예로 굴종하여 우리 게르만의 사냥개와 밭 가는 소가 되었거늘 지금 너희 벌레 같은 것들이 힘도 용기도 없으면서 분란 만들기를 일삼는구나.[142] 만약 속히 말에서 내려 투항하고 조상의 뜻을 좇지 않는다면 너희를 풀 한 포기 갑옷 한 자락도 남기지 않고

---

140) 장사진(長蛇陣): 원문은 蛇鬪陣. 중국어본에는 蛇團陳으로 되어 있다. 어느 쪽이든 장사진(長蛇陣)을 뜻하는 것으로 보인다. 뱀처럼 한 줄로 길게 늘어섰다가 기동력 있게 사방으로 적을 둘러싸는 군진(軍陣)이다.

141) 자웅보검(雌雄寶劍): 두 자루가 한 쌍을 이루는 칼을 일컫는다. 『삼국지연의』에서 유비가 썼다고 하며, 쌍고검(雙股劍), 자웅일대검(雌雄一對劍)으로도 불린다.

142) 힘도 용기도 없으면서 분란 만들기를 일삼는구나: 원문은 "無拳無勇으로 戕爲亂階하니". 『시경』(詩經)의 「교언」(巧言)에서 "無拳無勇, 職爲亂階"이라는 구절을 인유하였다. 국한문본에는 職이 戕으로 잘못 표기되었으나 바로잡아 번역하였다.

몰살시켜 버릴 것이다.”

빌헬름 텔이 크게 화를 내며 말하였다.

“너희가 탐욕이 끝이 없어서 우리 백성을 잔인하게 해치고 조상을 우롱하여 우리 권리를 **빼앗았기**에 우리가 이제 700명의 날래고 용맹한 군인[143]을 단련하여 너희 게르만인을 다 죽여 없앨 것이다. 군인과 백성을 막론하고 다 같이 없애서 닭과 개도 남기지 않으리라.”

두 사람이 서로에게 하는 말이 흐르는 물처럼 거침없었다. 이때 알브레히트는 게르만의 나라가 크고 병사가 많음을 믿고 홀연히 교만함이 생겼다. 그래서 천시(天時)도 지리(地利)도 제대로 살피지 않고 즉시 병정에게 호령하여 빌헬름 텔을 공격하라고 하였다. 빌헬름 텔이 그의 교만함과 병정이 문란하여 기강도 없이 어수선하게 공격함을 보고 마음으로 남몰래 기뻐하면서, 재빠른 손과 날카로운 눈으로 침착하게 도끼를 들어 적을 맞았다. 저편과 이편이 주거니 받거니 서로 팽팽하게 대치하며 수십 회합 교전했으나 승부를 가리지 못하는 사이 어느덧 해가 지고 황혼이 되었다.

피차 병사를 거두어들였다가 다음날 다시 전투를 벌였다. 게르만 병사는 대개 살기를 바라고 죽음을 두려워하여 호랑이 머리에 뱀 꼬리를 단 것 같은 자들이어서 애국당원들이 죽음을 두려워하지 않고 용맹하여 흔들리지 않는 모습을 보고 몹시 놀라서 삽시간에 도망갔다. 알브레히트는 형세가 불리함을 보고 넋이 나갔다. 텔은

---

143) 700명의 날래고 용맹한 군인: 원문은 ‘七百貔貅’. 비휴(貔貅)는 고서(古書)에 나오는 맹수의 이름으로 용맹한 군대를 비유한다.

그가 적수가 되지 못함을 알고 당원들에게 명령하여 죽는 힘을 다해 쫓아가도록 했다. 이때 하늘이 어두워지고 구름이 껴서 달빛도 비치지 않았다. 참으로 흰 칼날이 맞부딪쳐 보검이 부러지고, 양측 군사가 접전을 벌여 생사가 결정되는 때[144]였다. 게르만 병사가 수천 명이나 되었지만, 애국당 수백 명이 혹은 진지를 구축하여 대적하고 혹 돌을 투척하여 백 수십 명의 적병 사상자를 냈다. 일시에 바람이 불어 구름을 걷어가고 순식간에 벼락과 천둥이 치듯 스위스 병사가 게르만 군사를 몰아내니 게르만 병사와 알브레히트가 갑옷을 버리고 무기를 질질 끌며 패주하여 북으로 쫓겨갔다.

빌헬름 텔이 곧장 게르만과 스위스의 국경 지역까지 쫓아가서 알브레히트에게 한 조약을 세우도록 촉구하였다. 이후부터는 영원히 스위스를 감히 침략하지 않고 아울러 평소에 빼앗아 간 권리를 일체 되돌려주도록 하는 내용이었다. 알브레히트가 어쩔 수 없이 패주하던 터라 다만 이 명령에 따라 조약을 타결지었다. 빌헬름 텔이 승리의 깃발을 높이 들어 개선가를 부르며 돌아왔다. 이때 스위스 전국 인민 남녀노소가 모두 한껏 차려입고 텔을 영접하여 도로를 가득 메우니 인산인해가 유럽 전역을 진동시켰다.

빌헬름 텔이 옛 도읍을 다시 건설하고 상중하 대의원을 열고 공화정 체제를 세우니 선거 때가 되면 어떤 사람이든 막론하고 모두 투표권을 가졌다. 이때 전국 인민이 모두 기쁜 빛을 띠고 손을

---

144) 참으로……결정되는 때: 원문은 '正是白刃交兮寶刀折이요 兩軍接兮生死決하는 時候라'. 이화(李華)의 「조고전장문」(弔古戰場文)에서 치열하고 참혹한 전쟁의 상황을 묘사한 표현을 인용했다.

이마로 올려 경의를 표하며 칭찬하였다.

"이제 우리 옛 나라를 회복하여 독립하였다."

"우리나라 인민은 위로부터 아래까지 모두 평등 동권(同權)이다."

"우리가 오늘 외국인의 노예를 면했다."

시절은 대낮같이 밝고 사농공상이 편안히 살며 즐겁게 일했다. 국정이 유신(維新)하며 민주공화제를 실시하니 집집마다 깨우쳐 앎이 밝아지고 정치사상과 애국 심지를 갖지 않는 자가 없었다. 이때는 서력 1315년이요, 중국 원나라 연우(延佑)[145] 4년이었다. 정말로 그렇다.

한 사람 분력(奮力)하면 전국 평안코
만백성 합심하면 나라 되찾네.

결말을 알고 싶으면 다음 회에 기록된 것을 보라.

---

145) 연우(延祐): 원나라 인종(仁宗) 때 연호로 1314~1320년까지 사용하였다. 1315년을 연우 4년이라고 한 것은 약간 오류가 있다. 한편 1315년은 스위스가 모르가르텐 전투의 승리로 오스트리아 합스부르크 가문으로부터 사실상 독립을 쟁취한 해다.

제10회

위인을 제사하며 만민 큰 덕 노래하고, 동상을 건립하여 이름
천고 남기네. 祭偉人萬民歌大德 建遺像千古留芳名

사(詞)

새 나라 새 법령을 고심 경영해.	慘澹經營新國令
일이 아직 미숙할 때 거동 모두 함정이니	事未成時舉動皆坑穽
무한한 진취심과 인내심으로	無限動心和忍性
마침내 문명 정부 창립하였네.	卒能創立文明政
일거에 성공하여 백성 평안코	一舉功成安百姓
나라 세워 중흥하니 모두 경례 칭송하네.	建國興邦額手同稱慶
죽어도 산 것처럼 존경받아서	死亦如生咸愛敬
위인은 만고 남을 성현 되었네.	偉人萬古爲賢聖

위 곡조는 봉서오(鳳棲梧)[146]다.

각설. 빌헬름 텔이 애국당과 함께 스위스를 회복한 후 오랫동안
세상을 구하는 데 앞장서 온 정치가를 선출하여 국시(國是)[147]를 정

---

146) 봉서오(鳳棲梧): 사패(詞牌) 곡명으로 작답지(鵲踏枝), 접련화(蝶戀花)라고도
한다. 7, 9, 7, 7구의 쌍조 60자로 이뤄져 있다. 중국어본에 따라 국한문본의 오자,
탈자, 행갈이의 착오 등을 바로 잡아 인용, 번역하였다.

돈하였다. 군주 전제 정치를 필요로 하지 않고 민간으로 말미암아 의원(議院)을 열고 공동으로 선출하여 가장 많은 표를 받은 자를 총통(總統)으로 추대하였다. 이때 빌헬름 텔은 큰 뜻을 이미 이룬 것에 만족하여 결코 총통이 되려고 하지 않았다. 국민이 그를 매우 존경하고 사랑하여 여러 차례 추대하였으나 끝내 관직을 맡지 않고 고향에 돌아가서 자연 속에 은거하면서 호연지기를 길렀다. 오직 매일 책 읽고 밭을 갈며 처자와 더불어 한가롭게 세월을 보냈다. 이는 참으로 명예가 있으면 부귀를 등한히 하는 법이요, 양기(養氣) 는 산천에 있기 때문이다.

세월이 바삐 흘러 텔도 노년에 이르렀다. 분주했던 반생을 되돌 아보니 나라를 위해 애쓰던 마음뿐이요, 오늘날의 나라를 살펴보 니 백성과 함께 복의 씨를 뿌린 셈이라 국민의 책임을 만분의 일은 다 했다 할 터였다. 그러나 영웅의 기운이 아직 죽지 않아서 오히려 천하를 널리 굽어보는 심회와 전 지구를 집어삼킬 듯한 지기(志氣) 가 있었다. 여러 생각이 꿈자리를 어지럽히고 번뇌로 병을 삼으니 이는 인지상정이었다.

각설. 빌헬름 텔이 가슴 가득한 근심을 풀지 못해 황야에서 산 책하며 심기를 다스리고 있었다. 정오 무렵부터 황혼에 이르기까 지 알프스산[148] 꼭대기로 등반하여 한번 둘러보며, 대서양을 올려 보고 지중해를 굽어보았다. 소슬한 저녁 기운과 서늘한 새벽바람

---

147) 국시(國是): 나라의 근본이 되는 주의와 방침을 뜻한다.
148) 알프스산(亞律士山, Alpes)

에 흰 구름은 끊어졌다 이어졌다 산으로 돌아가고 붉은 해는 몽롱하게 물에 잠겼다. 둥지로 바삐 돌아가던 새들의 울음소리도 그쳐 적막하고 저녁 어스름에 잠긴 뽕나무 녹나무는 어렴풋하여 알아보기 어려웠다. 이런 풍경이 허다한 감개를 불러일으켜서 텔은 한바탕 흐느껴 울고 산에서 내려오며 탄식했다.

"내가 어려서 책을 읽을 때 모세가 사막에 은신하거나 프로이센[149]의 종적이 끊겨 돌무더기가 되는 대목에 이르면 책상을 치며 지붕을 흔들 정도로 큰 소리로 절규하면서 호걸이 많은 역경을 겪고 영웅이 망하는 것을 탄식하였다. 또 여러 책을 다시 읽으며 그들이 마침내 능히 강린(強隣)의 굴레를 벗어남을 보고는 기쁘고 유쾌하여 마치 내가 그 현장에 있는 것 같았다. 나 역시 예전에 일을 도모하다가 이루지 못하고 여러 번 죽을 고비를 당했던 때를 생각하면 허다한 후대인들의 감개를 더할 것이다. 오늘날 하늘이 가엽게 여기고 이 열성을 굽어살피사 우리 고유한 산하를 회복하고 일생의 큰 뜻을 이루었으니, 또 허다한 후대인의 유쾌함을 더할 것이다. 가장 안타까운 것은 우리 사내들이 남에게 의지하지 않고 국민의 책임을 다하며 우리나라의 쇠퇴를 만회할 줄 모르는 것이다. 만약 능히 알고 실행하면 비록 수많은 죽음을 겪을지라도 마침내 일을 이르고 공을 성취할 날이 있을지니 소소한 방해 세력과 구구

149) 프로이센(普魯士, Preußen): 과거 유럽 동북부와 중앙유럽 일대를 가리키던 지명이자, 해당 지역에 존재했던 국가(프로이센 공국, 프로이센 왕국 등)의 국호이기도 하다. 독일 통일에 중심적인 역할을 했다. 텔이 활약하던 13세기 이전 프로이센의 종적이 끊겼다는 것이 어떤 역사적 사실을 가리키는지는 불분명하다.

한 곤경이 어찌 능히 대장부를 평생 괴롭게 하겠는가."

이렇게 한탄하는 사이에 홀연히 검은 구름이 들판에 가득 차고 비바람이 몰아쳤다. 빌헬름 텔이 이런 정황을 보고 집으로 돌아왔지만, 슬프구나! 백발이 머리에 쌓이고 세월의 이끼가 만연한 노인이 답답한 마음에 근심이 맺힌 데다 무정한 비바람까지 맞아 기우(杞憂)가 풀리지 않은 채 노환이 들고 말았다. 침대에 누워 쉬면서 의사를 불러 몸조리를 하였으나 위인이 하늘로 돌아갈 때가 바로 이때였는지 약도 침도 효과가 없고 숨이 곧 끊어질 듯하여 서산에 막 지려는 해와 다름없었다. 텔이 잠깐 사이에 처자를 향하여 헛소리하듯 말하였다.

"여러 천신과 부처께서 구름과 안개를 타고 침상 앞으로 오셔서 말씀하시는 게 보인다. 내가 나라와 백성을 구할 책임을 이미 다 마쳤으니 천당에 올라가 쾌락 세계를 누리고 인간 세상의 음식을 더 먹지 말라고 하는구나."

그리고는 짧은 탄식 소리와 함께 눈이 희미해지고 기가 끊겨서 축 늘어져 돌아가셨다. 이때는 서력 1343년이요, 중국 원나라 원통(元統)[150] 2년이었다.

각설. 스위스 사람들이 빌헬름 텔의 서거 소식을 듣고 남녀노소가 무리를 지어 땅에 엎드려 통곡하니 인심이 황황하여 마치 부모를 여읜 듯 슬퍼하였다. 국회의원과 과거 애국당의 지사들이 모두 소복

---

150) 원통(元統): 원(元) 나라 순제(順帝) 때의 연호로 1333~1335년까지다. 1343년을 원통 2년이라고 한 본문은 잘못 계산된 것으로 보인다.

으로 갈아입고 흰 말과 수레를 타고 오는 이도 있고[151] 걷거나 달려와서 위문하는 이도 있었다. 장례식 때에는 길을 가득 채운 제의(祭儀)[인파 사이에서 빌헬름 텔에 대한] 칭송이 자자하였다. 성문 밖까지 나와서 장례 행렬을 맞이하고 들판에서 장례식을 거행할 때 사방에서 보러 오니 스위스 개국 이래로 일찍이 없었던 일이다.

슬프다! 나라와 백성을 구한 영웅호걸은 살아 있을 때는 세상을 이롭게 하고 죽은 후에는 꽃다운 이름을 남겨 천하를 진동시킨다. 저 부유하고 지체 높은 이들이 어찌 능히 그와 아름다움을 견줄 수 있겠는가? 장례가 끝난 후에 아르놀트가 여러 지사와 전국 인민을 이끌고 묘소 앞에 나아가 제사를 거행할 때, 함께 제문 한 편을 지었다. 여러 사람이 입을 맞춰 큰 소리로 낭송하니 그 제문이 다음과 같았다.

유(維).[152] 1343년 모월 모일 스위스 국민은 삼가 희생 주례(酒醴)[153]를 갖추어 구국 위인 빌헬름 텔의 묘소 앞에 공손히 제사 올리며 아룁니다.

오호통재라! 불운한 시대에 태어나셨도다.[154] 나라는 다난(多

---

151) 흰 말과 수레를 타고 오는 이도 있고: 원문은 "素車白馬도 有하며"이다. 소거백마(素車白馬)는 한(漢)나라 때 범식(范式)이 절친한 친구 장소(張邵)의 장례식에 흰 수레와 흰 말을 타고 문상을 갔다는 고사에서 유래하여 문상(問喪)이나 장송(葬送), 친구의 죽음을 애도하는 마음을 비유하는 고사성어다.

152) 유(維): '維'는 발어사로 제사 축문(祝文)의 첫머리에 관용적으로 쓰는 말이다. '유세차(維歲次)' 같은 표현이 대표적이다.

153) 주례(酒醴): 술과 단술. 례(醴)는 단술을 뜻한다.

難)하고 종묘사직은 기울었으며 백성은 도탄에 빠지고 인물은 출현하지 않았습니다. 밤낮으로 탄식하니 누가 이 스위스를 회복하고 게르만의 노예를 면하게 하겠습니까?

오호통재라! 약육강식이여. 자벌레가 굽힌 몸을 펼치듯 난세가 충(忠)을 알아보았습니다. 하늘이 위인을 내리시니 바로 이분이십니다. 갖은 고초 겪으시며 애를 태우고 뼈가 닳았습니다. 간신히 강린(強隣)에게서 벗어나 대사업을 이루자마자 그 몸이 쇠약해졌습니다. 위인이 세운 뜻을 우러러 생각합니다. 살신성인을 맹세한 후 이제 그 큰 뜻을 이루셨습니다. 옛 나라를 회복하고 이 백성을 구하셨습니다.

오호통재라! 옛사람들이 우리를 속이셨구나. 인자(仁者)는 오래 산다 했고 공(公)은 성품이 곧은 사람인데, 하늘이 어찌 보살피지 않으십니까? 동포들이 무궁하게 복락을 누림에 감탄합니다. [공을] 오래도록 옆에 두고 가까이 의지할 수 없음이 한스럽습니다. 공(公)이 공화 정체(政體)를 세우시니, 그 누가 뒷감당을 하겠습니까? [공이 머물던] 우리(Uri) 지방을 향해 고개를 돌립니다. 산은 푸르고 물은 수려하지만 보고 싶은 그대는 보이지 않습니다. 다만 눈물방울만 소매를 적십니다.

오호통재라! 큰 건물의 경영은 나무 한 그루만으로 지탱하기 어렵도다. 장사(壯士)가 서거하시니 하늘과 사람이 함께 슬퍼

---

154) 불운한 시대에 태어나셨도다: 원문은 '我生不辰兮'. 『시경』(時經) 「대아·상유」(大雅·桑柔) 편에 나오는 '我生不辰'을 인유하였다. 내가 좋은 시대에 태어나지 못했다는 뜻이다.

합니다. 하늘 기둥이 쉽게 꺾여버렸으니 비바람이 이를 슬퍼합니다. 한 사람이 선업을 쌓으니 온 백성이 이를 의지하였습니다. 아아! 위인의 반평생 경영이 비로소 이때 목적을 달성했습니다. 공은 죽어도 유감이 없음을 압니다. 이미 만 년 동안 썩지 않을 기초를 이루었기 때문입니다. 다만 천지가 무정하고 생사가 무상할 뿐입니다. 대업을 이루고 신선으로 돌아가셨으니 꽃다운 이름이 천고에 남을 것입니다. 공의 책임을 이미 다 이루셨으니 공에게 어찌 부족함이 있겠습니까.

건초[155] 한 묶음을 갖추고 계피와 산초로 만든 술[156]을 올립니다. 영혼이여, 비바람으로 오시옵소서. 돌연 지상에서 솟아오르는 먼지바람이여,[157] 어찌 고향으로 돌아가지 않습니까.

대지는 망망하게 넓고 신주(神州)는 앞길이 창창합니다. 독립의 깃발은 양양하게 나부끼고, 자유의 종소리는 쟁쟁하게 울립니다.

스위스 국민이여, 이제 잠에서 깨십시오. 공과 같은 유지자여, 이 향불의 향기를 자신을 경계하는 거울로 삼으십시오.

오호통재라! 상향(尙饗)[158].

---

155) 건초: 원문은 '生芻'. 보잘것없는 선물이나 장례식의 부의(賻儀)를 뜻하는 비유적 의미가 있다.

156) 계피와 산초로 만든 술: 원문은 '桂酒'와 '椒醬'이다. 『초사』(楚辭) 「구가·동황태일」(九歌·東皇太一)에 향기로운 술을 가리키는 용어로 나온다.

157) 돌연 지상에서 솟아오르는 먼지바람이여: 원문은 '壒埃風兮'인데 중국어본에서는 '溘埃風兮'이다. '溘埃風'은 굴원의 『초사(楚辭)』 「이소(離騷)」에 나오는 "溘埃風余上征"(홀연히 흙먼지 휘날려 바람 타고 하늘로 올라가노라)라는 구절을 인유하였다. 선인(仙人) 빌헬름 텔이 지상에서 임무를 마치고 고향인 하늘로 귀천(歸天)함을 비유한 것이다.

낭송을 마치고 제사 의례가 끝나니 각 사람이 돌아가며 연설을 하였다. 빌헬름 텔이 태어나서 죽을 때까지 나라와 백성을 구한 큰 공훈을 세워서 향기로운 이름을 천고에 남긴 것과 다시 국민을 가르치고 격려하여 국정을 정돈한 것을 모두가 찬양하며 연설하는 동안 어느새 해가 지니 마침내 악수하고 헤어졌다.

각설. 스위스의 정권을 맡은 이들이 빌헬름 텔이 서거한 후부터 그가 천신만고 끝에 이 나라를 회복한 고심을 본받아 나라의 법령을 세심하게 정리하고 더욱더 정련하니 [나라가] 날로 진보하였다. 스위스 인민들이 전에 빌헬름 텔이 피난하였다가 적을 죽인 동굴에 동상 하나를 세우고 찬양의 글을 새겨 그 공업(功業)을 기념하였다. 또 매년 태어나신 날과 돌아가신 날이 돌아오면 잘 차려입은 젊은 남녀나 노인 아이 할 것 없이 모든 국민이 손을 맞잡고 줄을 이어 동상 앞에 찾아와서 제사를 올렸다. 영업을 하는 자나 고용살이를 하는 자도 모두 일을 쉬고 이 지방에 유람하러 와서 동상에 참배하였다. 이날 도로 위에 오가는 사람들이 빈번하고 각종 제물이 끊이지 않으니 이 풍습이 계속 전해져서 정기적인 관례가 되었다.

또 우리 지방은 스위스의 발상지라고 하여 전 국민이 이곳에 제단을 쌓고 참배하였다. 등을 내걸고 오색천으로 장식하여 옷깃 향기와 사람 그림자[159]가 대낮같이 밝은 밤하늘 아래 서로 어우러졌

---

158) 상향(尙饗): 죽은 자의 혼백에게 '차린 것은 적지만 오셔서 제사음식을 드시라'라는 의미로 축문(祝文)의 맨 끝에 쓰는 말이다.
159) 옷깃 향기와 사람 그림자: 원문은 '衣香人影'으로 보통 여성이 아름답고 우아하게 차려입은 모습을 비유한다.

다. 신령스러운 땅에서 걸출한 인물이 나오는 무궁한 복을 함께 누렸다. 이때 혹은 제사 물품을 바치고 혹은 시가(詩歌)를 읊어 인산인해를 이루니 악기 소리와 노랫소리가 아침까지 이어졌다. 각처에서 풍경을 보기 위해 배로 건너오거나 기차를 타고 와서 화려하게 차린 인파가 함께 즐기는 일은 경축 행사나 잔치 같은 것이니 각국에 모두 있는 것이다.

스위스가 공화국을 세운 후부터 학당을 많이 열고 신문사를 많이 개설하니 민지가 크게 열렸다. 궁벽한 시골이든 정치와 상업이 번성한 대도시든 모든 사람이 정치사상이 있었다. 항상 의원(議院)을 열어 사리의 마땅함을 논쟁하여 정할 때 상중하 국회의원을 막론하고 일을 공정하게 집행하며 크고 작은 권리가 평등함을 모두 알았다. 의안(議案)을 내서 사정을 서로 협의할 때는 인정(人情)이 좋아하는 바를 취하며 공리(公理)에 합당한 바를 살펴 다수의 뜻을 좇아 결정하니 질서가 정연하여 실 한 오라기의 어지러움도 없었다.

이웃 나라가 보기에 스위스가 하루아침에 독립을 이룬 후 또한 처음부터 끝까지 올바르게 국민의 지혜를 개척하고 민권을 평등하게 하며 정치를 잘하고 풍속이 아름다워 나날이 진보하니 분명히 만방(萬邦)보다 뛰어난 기개가 있었다. 그러자 모두 경외하여 감히 이전과 같이 그를 3등 야만으로 취급하지 않고 늙고 병든 대국[160]이라고 모독하는 말이 일시에 눈 녹듯이 사라졌다. 나아가 유럽 각국

---

160) 늙고 병든 대국: 원문은 '老大病國'으로 근대 초기 서구에서 중국을 비하하는 말로 자주 사용되었다.

과 지구 만방에서 모두 스위스가 문명한 나라 됨을 찬미하여 서로 왕래하는 조약을 맺고, 적십자회와 만국공회(萬國公會)와 만국 교통과 우편을 모두 스위스에 넘겨 맹주로 삼았다. 국민이 어느 나라 어느 곳에 가든지 대사관의 보호를 받으며 타인이 [스위스에] 난입하여 기만하고 모욕하는 일도 없어졌다. 스위스 국내를 나날이 정돈하여 진실로 밤에도 문을 닫아걸지 않고 길에서 남이 떨어뜨린 물건도 가져가지 않는 미덕이 있었다.

산천 풍경도 매우 아름다워 신선이 노닌다는 봉래산(蓬萊山)과 같아서 유럽 제일의 그윽한 아름다움을 지닌 지방이 되었다. 비록 아세아주 동방에 일본의 산천 풍경이 명승지로 이름이 높으나 또한 스위스에는 미치지 못하였다. 지금 각국에서 다른 지역에 유람하려는 자들 사이에 스위스라는 세 글자가 화제에서 떠나지 않으니, 그 명성이 전 세계에 두루 퍼져있음을 볼 수 있다. 국민은 집마다 부족함이 없고 사람마다 풍족하여 각기 그 업에 종사하며 낙토(樂土)에서 함께 살아간다. 사람들이 한번 스위스를 유람하여 그 문명, 정치, 풍속, 인심을 보면 모두 찬양하고 부러워해 마지않는다.

융희(隆熙) 원년(1907) 8월 일(日) 인쇄

인쇄소 대한매일신보사

정치소설 서사건국지
: 빌헬름 텔의 스위스 건국 이야기*

윤영실

1. 빌헬름 텔 서사의 동아시아 번역 연쇄

『정치소설 서사건국지』(瑞士建國誌)는 박은식의 역술로 1907년 8월 대한매일신보사에서 간행되었다. 첫 장에 "광동(廣東) 정철관공(鄭哲貫公) 저(著), 한성(漢城) 박은식(朴殷植) 역술(譯述)"이라고 밝혔다. 원작은 실러의 희곡 『빌헬름 텔』인데, 청말 지식인 정철이 일본의 여러 번역본을 참조하고 나름대로 재창작한 『서사건국지』를 박은식이 국한문체로 풀어쓴 것이다. 한편 김병현은 같은 해에 정철의 『서사건국지』를 국문체로 더 간략하게 풀어서 『셔스건국지』를 출간하기도 했다. 빌헬름 텔 서사의 동아시아 번역 연쇄를 표로 정리해보

---

* 본 해설은 윤영실, 「동아시아 정치소설의 한 양상: 『서사건국지』 번역을 중심으로」, 『상허학보』 31, 2011의 내용을 요약하고 일부 새로운 내용을 첨가하여 작성하였다.

면 다음과 같다.[1]

연번	국가	연도	저자·번역자	제목	구성
1	독일	1804	Friedrich Schiller	Wilhelm Tell	Tübingen: J.G.Cotta'sche Buchhandlung 5막 희곡, 각 4·2·3·3·3장
2	일본	1880.12	齋藤鐵太郎	瑞正獨立自由之弓弦	검열 납본. 소책자 20권으로 기획되었으나 1막 1장에 해당하는 1권만 출간
3	일본	1882.10	山田郁治	哲爾自由譚前編: 一名自由之魁	泰山堂 2막 2장에 해당하는 전편까지 출간
4	일본	1883	桑野銳	建國遺訓	常總青年
5	일본	1887.4	盧田束雄	字血句淚 回天之弦聲	一光堂 上下 2권, 총 12회로 분절. 원작의 2막 1장까지
6	일본	1887.12	谷口政德	血淚萬行 國民之元氣	金泉堂 상하 두편, 스위스 봉기의 승리로 종결. 재자가인담으로 변형
7	일본	1890.1~ 1891.6	霞城山人 (中川霞城)	維廉得自由之一箭	『少年文武』에 2막 1장까지 단속적으로 연재
8	일본	1893. 1.14	湯谷紫苑	ウヰルヘルム テル	『女學雜誌』 336호 甲 〈1막 1장 태풍〉부터 〈3막 3장 어두운 밤〉까지 번역

[1] 아래 표는 다음의 선행연구들을 참조하고 필자의 조사를 첨가하여 작성하였다. 柳田泉, 『明治初期飜譯文學の研究』, 東京:春秋社, 1961; 川戸道昭, 榊原貴敎 編著, 『図説 翻譯文學總合事典』, 東京:大空社, 2009; 서여명, 「한,중『서사건국지』에 대한 비교 고찰」, 『민족문학사연구』 35, 민족문학사학회, 2007; 윤영실, 「동아시아 정치소설의 한 양상: 『서사건국지』 번역을 중심으로」, 『상허학보』 31, 2011; 왕장강·오순방, 「Wilhelm Tell 的中譯本『瑞士建國志』及其兩种韓譯本研究」, 『中國語文論譯叢刊』 44, 2019.

9	일본	1899.1	有終會	志留礼留 維廉得利註釋	南江堂 독일어 원전에 일본어 주석
10	일본	1900.5	池田不知火	ウヰルヘルムテル	『少年世界』6(6), 名著普 及會
11	일본	1901.1 ~3	中內蝶二	ウイルヘルム テル	『新文藝』 연재
12	중국	1902	鄭哲(貫公)	瑞士建國誌	中國華洋書局 10회 회장체
13	일본	1902.10 ~1904.2	掬香	史劇ウヰルヘルム、テル	『日本濟美會雜誌』19~34, 日本濟美會
14	일본	1903. 11.10	巖谷小波	脚本 瑞西義民伝: ウイルヘルム テルの一節	『文藝俱樂部』9권 15호, 5막 희곡 형식으로 번역
15	일본	1903.12	新保一村	ウィルヘルム、テルの概略	『少年界』2권 13호
16	일본	1903.12	德田秋江 編	シルレル物語	通俗世界文學 第9編, 富山房
17	일본	1905	佐藤芝峰	うゐるるへるむ てる	秀文書院
18	한국	1907	박은식	瑞士建國誌(국한문)	대한매일신보사 10회 회장체
19	한국	1907	김병현	셔스건국지(국문)	로익형책사

2. 빌헬름 텔 이야기와 '네이션'의 상상: 독일, 일본, 중국

위의 표에서 알 수 있듯 빌헬름 텔 서사가 활발히 창작·번역되었던 때는 각 지역에서 봉건적 지배 질서가 해체되고 근대적 자유와 권리, 네이션의 사상이 막 싹트던 시기였다. 빌헬름 텔 서사는 전설과 역사, 사실과 허구가 뒤섞인 흥미로운 이야기 형식을 빌려각 시기, 각 지역의 민중에게 근대적 정치사상을 일깨우는 유용한도구로 활용되었다. 빌헬름 텔 서사의 정치성은 중국과 한국에서『서사건국지』가 '정치소설'이라는 표제를 내걸고 출간된 데서도확연히 드러난다.

물론 빌헬름 텔 서사를 통해 담아내고자 한 '네이션'과 '정치'의 내용은 시대와 장소에 따라 달랐다. 빌헬름 텔 이야기는 13세기 말~14세기 초에 우리, 슈비츠, 운터발덴이라는 세 지역이 오스트리아 합스부르크 제국에 맞서 구스위스 연방의 기초를 닦았던 역사를 배경으로 삼고 있다. 그 당시 활약했던 우리 출신의 명궁수 빌헬름 텔에 관한 이야기는 오랫동안 전설처럼 전해지다가 18세기 요하네스 뮐러(Johannes von Müller)의 『스위스 동맹국의 역사』(*History of the Swiss Confederation*)와 추디(Aegidius Tschudi)의 『스위스연대기』(*Chronicon Helveticum: Swiss Chronicle*) 등에 수록되었다.

　19세기 초 실러(1759~1805)는 뮐러와 추디의 문헌들을 참조하고 자신의 상상력을 덧붙여 희곡 『빌헬름 텔』을 창작했다. 프랑스 혁명 이후의 시대정신을 바탕으로 실러는 『빌헬름 텔』에서 스위스인의 봉기를 '자유'로운 자들의 '평등'한 연대체로서의 '네이션'의 탄생 서사로 그려내고 있다. 이때 네이션은 "한 부족이며 한 핏줄", "같은 고향에서 나온 사람들"[2]이라는 혈통적 종족의 의미도 띠지만, 스위스인의 봉기를 지지한 합스부르크가 귀족 여성 베르타를 스위스의 일원으로 받아들이는 데서 볼 수 있듯 자유의 이상을 공유한 이종족에게도 개방되어 있었다.[3] 실러가 19세기 초에 막 싹트

---

[2] Friedrich Schiller, 이원양 역, 『간계와 사랑·빌헬름 텔』, 서울대학교 출판부, 1998, 204쪽.
[3] 베르타 "주민 여러분! 맹약의 동지들이여! 나를 여러분의 동맹에 가입시켜 주시오. 이 자유의 나라에서 보호를 받는 첫 번째의 행운을 차지한 여인이오... 여러분은 나를 시민으로 보호해주겠습니까?" 주민들 "우리는 재산과 피를 바쳐서 그렇게 하렵니다." Friedrich Schiller, 위의 책, 293~294쪽.

고 있던 게르만 네이션을 향해 품었던 이상도 마찬가지였다. 게르만 '문화민족'의 초국가적 이상(보편적 자유의 확장)을 통해 국가주의를 넘어서고, '국가민족'의 수평적, 자발적 연대 개념을 통해 '문화민족'이 빠질 수 있는 종족적 배타성과 획일성을 극복하는 것이다.

실러의 이상과는 달리 19세기 말 독일의 민족주의는 오히려 배타적 문화주의와 강력한 국가주의가 결합되어 메이지 일본의 국가 개혁 모델로 채택되었다. 그러나 다른 한편 '네이션' 관념에 내장된 '자유'의 불꽃은 메이지 10~20년대에 자유민권운동으로 거세게 타올랐다. 이처럼 '네이션'의 두 경향성이 위로부터의 국가주의와 아래로부터의 자유민권운동으로 맞부딪치던 시기, 실러의 『빌헬름 텔』은 일본에 번역(안)된 '정치소설' 중에서도 단연 인기 있는 레퍼토리였다. 지금까지 확인된 바로는 1880년부터 1902년 정철의 중국어판 『서사건국지』가 출간되기 전까지 일본에서 번역된 빌헬름 텔 서사만 총 9종(2~8, 10, 11)이 있고, 1899년에는 『빌헬름 텔』의 독일어 원문에 일본어 주석을 단 판본(9)도 출간된 바 있다. 그러나 대부분 미완으로 그치거나 동아시아 서사 전통의 재자가인담으로 변형되었으며 원작의 완역은 1905년(17)에야 이뤄졌다. 메이지 일본에서 빌헬름 텔 서사의 인기에 비해 완역이 늦어진 데는 검열의 영향이 컸을 것으로 짐작된다. 그만큼 빌헬름 텔 서사가 지닌 정치적 급진성이 컸다는 반증일 것이다.

메이지 일본에서 빌헬름 텔 서사가 지닌 정치적 급진성을 잘 보여주는 사례로 야마다 이쿠지(山田郁治)의 『철이자유담』(哲爾自由譚)(3)을 들 수 있다. 야마다 이쿠지는 동경외국어대학교 및 동경

대학 의학부에서 독일어를 공부한 재원으로 실러의 독일어 원작을 저본으로 삼아 『철이자유담』을 번역했다. 원작의 희곡 형식을 소설체로 바꾸는 과정에서 부분적인 변화가 있으나, 대체로 대사의 구체적인 부분까지 원작에 충실하게 옮기고 있다. 그러나 번역자가 의도적으로 원작을 변형한 부분들에서 그가 빌헬름 텔 서사를 메이지 자유민권운동의 정치적 무기로 활용하고자 했음을 엿볼 수 있다. 원작에서 스위스 3군의 주민들이 맹약을 맺는 2막 2장의 장면은 『철이자유담』에서 마치 루소의 『사회계약론』이 가정하듯 자유롭고 평등한 시민들이 자발적인 결사로서 네이션을 구성하는 장면처럼 번역되고 있다. 또한 정당운동과 국회개설운동이 한창이던 시대적 맥락 위에서 스위스 군민들의 동맹은 '평의'(評議, 의회)를 만든다든가 '당'(黨, 정당)을 결성한다는 식으로 적극적으로 번역된다. 무엇보다 원작에서 이민족 통치자와 스위스 군민 사이의 대립을 한 국가 내의 봉건적 지도자(國守)와 백성들 사이의 대립으로 바꿔놓고, '제(帝)'의 함의가 일국 내의 황제로 조정됨으로써 자유와 권리를 지키려는 군민의 항거가 천황제에 대한 도전으로까지 읽힐 수 있게 되었다. 『철이자유담』이 전후 2편으로 기획되었으나 전편의 출간 이후 지속되지 못한 것은 이런 사상적 급진성 때문이었을 것이다.

청일전쟁 전후 자유민권운동이 쇠퇴하고 천황제 중심의 국체가 확립되는 과정에서 일본의 빌헬름 텔 서사는 정치적 급진성을 잃고 '예술'이거나 '오락'의 일종으로 수용되었다. 그러나 20세기 초반 빌헬름 텔 서사는 일본을 거쳐 중국과 조선에 번역되어 또 다른 방식으로 '네이션'의 상상을 작동시켰다. 그중에서도 정철의 『서사건국지』(12)는 한국에서 박은식과 김병현의 번역에 직접적인 저본이 되었다. 정철(1880~1906)은 청말 혁명파의 유명한 저널리스트였으며, 관공(貫公)은 그가 사용한 호 중 하나다.

정철이 1902년에 출간한 『서사건국지』는 그가 일본 유학 시절 접한 실러의 『빌헬름 텔』을 '전접'(轉接)과 '증삭유략'(增刪遺略)[4]을 통해 재창작한 것으로 볼 수 있다. 전체를 10장의 회장체(回章體)로 구분하고 각 회에는 해당 내용을 압축한 8언 2구의 제목을 붙여놓았다. 또 각 회 초두에는 다양한 곡조의 사(詞)를, 말미에는 그 장의 교훈을 압축한 7언 2구의 교훈을 배치했다. 서사 중간중간에 의병을 일으키는 격문(檄文), 편지, 포고령, 제문(祭文), 「애국가」, 「동맹회복가」 등의 한시 같은 다양한 한문 문장들을 끼워넣고 있다. 원작의 다양한 인물과 줄거리를 빌헬름 텔(維霖愓露)과 아르놀트(亞魯拿), 텔의 아들인 발터(華祿他) 중심으로 단순화하고, 영웅 군담풍으로 개작해 놓은 것이 특징이다.

무엇보다 정철의 『서사건국지』에는 그의 반청공화사상이 강하게 투영되어 있다. 스위스(瑞士)의 정세는 이족인 게르만의 지배 아래 국가가 망한 상황으로, 게슬러(倪士勒) 등의 학정은 망국민이 받아야 하는 압제가 얼마나 혹독한가를 보여주는 사례로 기록된다. 반면 빌헬름 텔 등의 주요 인물은 조국을 게르만의 독수(毒手)

---

4) '전접'(轉接)과 '증삭유략'(增刪遺略)은 기존의 이야기를 이어받아서 내용을 더하거나 빼고 남기거나 생략해서 자유롭게 번안했음을 뜻한다. 鄭哲, 「例言」, 『瑞士建國誌』, 中國華洋書局, 1902, 7쪽.

에서 구해낼 민족적 영웅으로 형상화된다. 고국 회복 후의 "국시"(國是)는 애초부터 공화정치에 맞춰져 있지만, 자유나 평등보다는 이민족 지배에서 벗어나기 위한 '애국적 사상'이 더욱 강조된다.

3. 박은식, 『서사건국지』(瑞士建國誌)

구한말의 개신유학자이자 독립운동가였던 박은식(1859~1925)은 1907년 정철의 중국어본을 국한문체로 풀어 『서사건국지』(瑞士建國誌)(1907)를 출간했다. '정치소설'이라는 표제를 달고 출간된 『서사건국지』는 근대계몽기 소설개조론과 소설의 정치성을 잘 보여준다. 특히 박은식의 「서」는 『대한매일신보』에도 「서사건국지 역술서(瑞士建國誌譯述序)」(1907.2.8)라는 제목으로 게재되었으며, 대한제국기 정치소설론을 대표한다. 이러한 소설론에 따라 박은식은 1911년 『천개소문전』, 『명림답부전』, 『몽배금태조』 등을 창작했다.

박은식의 『서사건국지』는 전반적으로 보면 정철의 판본을 내용의 첨삭 없이 거의 그대로 국한문으로 옮겼다. 특히 사(詞)나 한시, 격서, 제문 등은 번역 없이 그대로 한문으로 싣고 있다. '번역'을 매개하지 않고도 소통 가능한 동아시아 공통의 한문맥(漢文脈)이 있었기 때문이다. 그러나 조금 더 촘촘하게 들여다보면 한문맥이라는 기반에서도 한국과 중국 사이에 어긋나는 지점들을 적지 않게 발견할 수 있다. 박은식은 중국 백화 소설의 상투구인 독자를 향한 편집자적 논평들("독자들은 보시오...운운")을 모두 생략하고, 같은 한자도 중국보다 한국에서 즐겨 사용하는 이체자로 바꿔놓았다. 중국 백화체 표현이나 문장을 해석되지 않는 잉여로 남겨놓거나 오역하거나 번역자 임의로 변경하는 등의 미세한 차이들은 거의 모든 페이지에서 발견된다. 정철이 구사한 20세기 초 백화체 중국어와 박은식의 대한제국기 국한문 사이에서 '번역'이 작동했던 양상을 살피는 것은 동아시아 한문맥의 교집합과 어긋남을 함께 살펴볼 수 있는 유용한 창이 될 수 있다.

정철의 『서사건국지』가 담고 있는 이민족 통치에 대한 저항 의식과 애국심의 강조는 통감부 치하에서 일본의 식민지로 전락해가던 한국에도 유효했다. 내용상 차이가 가장 두드러지는 것은 중국 역본의 마지막 장 말미 11줄가량이 박은식 역본에서 통째로 생략되었다는 점이다. 이 부분에서 정철은 중국의 상황을 스위스와 비교하며 중국인들의 각성을 촉구한다. 스위스는 나라도 작고 인구도 적으며 대국들에 둘러싸여 있으나 대국을 섬기지 않고 능히 '흥기'(興起)하여 자립을 이뤄냈는데, 중국은 큰 땅과 많은 인구를 갖고도 안팎으로 압박과 모욕을 받고 있으니 저마다 분기하여 중국을 중건(重建)하자는 것이다. 박은식이 생략(침묵)한 이 부분에는 노대국 중국과 약소국 조선의 간극이 새겨져 있다. 그 간극은 박은식의 「서」에서 중국어본 조필진(趙必振)의 「서」(序)와 정철의 「자서」(自序)를 발췌하여 조선의 상황에 맞게 고쳐놓은 부분을 통해서도 알 수 있다. 선행연구에서도 지적된 바 있듯, 중국의 필자들이 "열강과 더불어 각축"("與列强相角逐")하는 조국의 미래를 그리고 있다면, 망국의 위기에 처한 조선에서는 "열강지간(列强之間)에 표치(標

置)하여 독립자주를 견고히"하려는 좀 더 소박한 바람이 앞섰다.

열강들의 각축장이 되었던 조선에서는 일찍부터 스위스 같은 영세중립국이 됨으로써 활로를 모색하려는 시도가 있었다. 비록 일본의 방해와 서구 열강들의 무시로 좌절되기는 했지만, 중립화론은 조선이 열강들의 각축 속에서 생존하기 위한 자구책으로서 1880년대 김윤식, 유길준, 김옥균부터 1904년 러일전쟁기 고종에 이르기까지 지속적으로 제기되었다. 1907년 『서사건국지』가 역간된 때는 조선의 이런 자구책들이 실패로 귀결되고 고종이 헤이그 밀사 사건으로 강제 폐위되었던 엄혹한 시기였다. 그렇기에 영토도 인구도 크지 않은 스위스가 유럽 열강들 사이에서 독립을 쟁취하고 중립국으로서 영구한 평화를 이룬 사례는 제국주의 열강들에 둘러싸여 국권이 위태롭던 대한제국말의 한국인들에게 큰 공감을 불러일으켰다.

4. 김병현, 『셔스건국지』

식민지 상황이 텍스트에 새겨놓은 흔적은 국문본 『셔스건국지』에 오면 좀 더 뚜렷해진다. 『셔스건국지』는 국한문본 출간 수개월 후 김병현의 번역으로 로익형책사(박문서관)에서 발행되었다. 정철 중국본의 체제를 그대로 답습한 국한문본이 총 10회의 회장체 소설로 구성된 것에 비해, 국문본은 회 구분을 없애고 한문투의 장황한 수사, 한시나 격문 등을 상당 부분 생략하거나 축약하고 있다.

주목할 것은 국문본이 나름의 첨삭을 통해 조선의 상황에 대한 고유한 정견(政見)을 드러내고 있다는 점이다. 가장 두드러지는 차이는 공화 사상의 삭제다. 정철의 『서사건국지』는 공화주의를 표나게 내세우고 있으며, 이는 내용상 거의 첨삭이 이뤄지지 않은 박은식의 국한문본에도 그대로 이어진다. 그러나 김병현은 번역 과정에서 공화주의 이념을 표방하는 부분을 의도적으로 빼놓고 있다. 예컨대 국한문본에서 어느 때에 "공화정치를 창립하여 스위스 같은 부강한 나라를 다시 만들까"라고 되어 있는 부분이 국문본에서는 단지 "나라를 정돈하고 부강한 나라 평안한 백성이 되어 볼까"로 바뀌었다.

또 서사의 대미 부분에서 국한문본은 스위스에 공화정이 시행되는 장면을 약술하고 있다. 국문본은 이 부분을 남겨두되 첨언을 통해 '공화'의 의미를 바꿔놓는다. 국한문본에서 "군주전제를 필요로 하지 않고 민간으로 말미암아 의원을 연"다는 부분을 국문본은 임금이 정사를 마음대로 행하지 않고 여러 사람의 의논을 거쳐서 한다는 것으로 해석한다. 또 국한문본의 '총통(대통령)' 선거를 왕이 백성들의 추천에 의해 관리(벼슬아치)를 선출한다는 식으로 바꿔놓음으로써 '공화'의 용법이 입헌군주제를 가리키는 말로 전화된다. 중국에서는 청이라는 이민족 지배체제에 대한 거부로부터 급진적 공화주의(황제 폐지)가 싹텄지만, 1907년 조선에서는 여전히 일본의 메이지유신을 모델로 한 입헌군주제 지향이 대세를 이루고 있었다는 점에서 이런 개작의 이유를 찾을 수 있을 것이다.

두 번째로 주목할 부분은 김병현이 『셔스건국지』에 붙인 「셔문」이다. 정철이 국토와 인구 면에서 중국과 스위스의 차이를 부각

시킴으로써 역으로 중국의 분발을 촉구하고 있다면, 김병현은 조선과 스위스의 유사성을 바탕으로 조선에 희망을 제시하고자 한다. 그에 따르면, 스위스는 "나라가 적다"고 한탄하는 조선인들에게 특히 귀감이 될 만하다. 빌헬름 텔은 알렉산더나 나폴레옹처럼 "천하를 뒤집"거나 "세상을 휘덮던" 영웅은 아니지만, 하늘을 감동시킨 '지성'으로 인해 그들보다 더 위대한 영웅으로 추앙된다. 「서문」에서 거듭 강조되는 '지성'은 문자 그대로 지극한 정성이나 노력을 뜻하기도 하지만, 문맥상 '정의'의 의미를 포함한다. '약한 자를 압제'하고 '빈한 자'를 '능모'하며 '남의 땅'을 빼앗는 자들은 그 위용이 아무리 거세도 결국 알렉산더나 나폴레옹처럼 일시의 부귀공명에 그칠 것이다. '호랑이 이리 같은 욕심과 도적 같은 행실'은 '하나님'이 허락하지 않는 바이기 때문이다. 실러의 빌헬름 텔이라는 인물형에 깊이 스며있는 '신'(神)에 대한 믿음은 '경쟁탐욕'의 인심(人心)을 제어하고 '억강부약(抑强扶弱)'하는 '천리(天理)'에 대한 동아시아의 전통적 사유와 희미하게 공명하면서, '약육강식'을 내세운 사회진화론적 세계관에 저항하고 있었다.

영인자료

瑞士建國誌

여기서부터는 영인본을 인쇄한 부분으로 맨 뒷 페이지부터 보십시오.

政治小說

瑞士建國誌

大韓每日申報社繙刊

光武十一年七月下浣石雲題

2

序

夫小說者는感人이最易호고入人이最深호야風俗階級과敎化程度에關係가甚鉅호

지라故로泰西哲學家가有言호되其國에入호야其小說의何種이盛行호눈것을問호

면可히其國의人心風俗과政治思想이如何홈을觀호리라호엿스니善哉라言乎여

所以로英法德美各國에學塾이林立호고書樓가雲擁호야一切屬民進化의方法이至

矣盡矣로디愈其小說의善本으로써四夫四婦의警鍾과獨立自由의代表를作호고東

洋의日本도維新之時에一般學士가皆於小說에汲汲用力호야國性을培養홈고民智

를開導호얏스니其爲功也ㅣ顧不偉哉아我韓은由來小說의善本이無호야國人所著

눈九雲夢과麟征記數種에不過호고自支那而來者눈西廂記와玉麟夢과剪燈新話와

水滸誌等이오國文小說은所謂蕭大成傳이니蘇學士傳이니張風雲傳이니淑英娘子

傳이니호눈種類가閨悲之間에盛行호야四夫四婦의菽粟茶飯을供호니是눈皆荒誕

無稽호고滋蔓不經호야適足히人心을壞了호야政敎와世道에關호

야爲害不淺호지라若使世之觀劇者로我邦의現行호눈小說種類를問호면其風俗과

政敎가何如타謂호깃눈가乃吾士大夫가此等緊緊的事에慢不致意호고學問家에所

瑞士建國誌　序

3

宗은 性理討論의 湖洛競爭과 儀禮問答의 蠶絲牛毛而已오 功令家의 所誦은 燕子聰의

赤璧賦와 申光洙의 關山戎馬而已니 獻問한뒤 遷般工夫가 於國性과 於民智에 究有

何益가 反히 此를 將호야 禮俗으로 自高호며 文治로 自誇호야 世界各國의 實地學問과

實地事業은 部夷호고 究竟他人의 奴隸가 된 原因은 卽 我國民의 愛國思想이 淺薄혼것은 一則學士大夫之罪오 二

國權이 墜落호야 究竟他人의 奴隸가 된 原因은 卽 我國民의 愛國思想이 淺薄혼緣故라

同是圓顱方趾의 冠帶之族으로 獨히 愛國思想이 淺薄혼것은 一則學士大夫之罪오 二

則學士大夫之罪라 余가 間嘗同志를 對호야 小說著作을 擬議호나 現方報館에 執役호

으로 暇隙이 苦無홀뿐더러 또此等著作에 技能이 不及호지라 抱志莫遂에 徒深慨嘆더

니 適以微疾로 委頓狀로 第一十餘日이라 精神이 不甚昏朦혼時에 敗箱의 殘蠹를 搜호

야씨寓目호씨맛춤支那學家政治小說의 瑞士建國誌 一册을 得호니 披閱數日에 殆乎

忘病이라 夫瑞士는 歐羅巴洲中央에 在호야 疆域은 一萬五千九百七十六方英里오 人

口눈三百十一萬九千六百三十五名에 不過혼 一小國이라 西曆十二世紀卽支那元朝

元貞年間을 當호야 强隣日耳曼의 所佔을 被호야 壓力이 無限에 生靈이 塗炭이라 牛馬

가되고 奴隸가되야 殆히 人理가 無호더니 皇天이 瑞民을 不遺호야 獨立自由를 克復홀

一大英雄을 挺生호니 維霖惕露가 其人이라 崛起田間호야 奮臂一呼에 國民이 振起호

야맛ᄎᆞ니 異國의 羈絆을 脱ᄒᆞ고 共和政治를 立ᄒᆞ야 萬年不朽ᄒᆞ니 彼西國에 巍赫宇宙ᄒᆞ야 破倫과 華盛頓의 功業이 實로 維霖惕露의 芳軌를 襲ᄒᆞᆯ者라 至今泰西의 文明制度가 皆瑞士에 起點ᄒᆞ야 赤十字會와 萬國公會와 交通郵政會等에 區區ᄒᆞᆯ瑞士가 其牛耳를 執ᄒᆞ니 其遺澤의 垂世가 豈不遠哉아 天下後世에 玆瑞士建國誌를 讀ᄒᆞᄂᆞᆫ者ᄂᆞᆫ誰가 愛國思想과 救民血心이 奮發치아니ᄒᆞ리오 余乃病을强ᄒᆞ며 忙을撥ᄒᆞ고 國漢文을和ᄒᆞ야 譯述을竣了에 爲之印布ᄒᆞ야 我同胞의 茶飯閱讀을供ᄒᆞ노니 惟我國民은舊來小說의諸種은盡行束閣ᄒᆞ고 此等傳奇가 代行于世ᄒᆞ면 智進化에 禆益이 確有ᄒᆞᆯ지라 異日我韓도彼瑞士와如히屹然히列强之間에 標置ᄒᆞ야 獨立自主를鞏固히ᄒᆞ면我同胞의生活이便是地獄을離ᄒᆞ고天國에躋ᄒᆞ리니 豈不樂哉아 此目的을達코저ᄒᆞ면惟是愛國熱心이打成一團에 在ᄒᆞᆯ다ᄒᆞ노라

大韓光武十一年七月日 謙谷散人序

5

瑞士建國誌　序

四

瑞士建國誌目錄

瑞士建國誌　目錄

一

二

瑞士建國誌

廣東鄭哲貫公 著
漢城朴殷植 譯述

第一回

異國寃聲下等民手
耕田佬天有愛國心

詞曰

興亡自古憑民氣
天也何尤　人也何尤

木落區區滿眼秋
何時一擧民權復

生也自由　死也自由

國也巍然立五洲

右調는采桑子라

話說自開天闢地以來로世界上에不知幾多邦國이오其中興衰隆替로旋强旋弱ㅎ며

或存或亡者가亦不知凡幾라惟興亡之理는今히其國中人民의愚智와愛國心志가如

何에在ㅎ지라危急存亡之際을當ㅎ면許多英雄好漢이生於其間ㅎ야危而復安ㅎ

며亡而復存ㅎ며死而復生을克致ㅎ느니此皆英雄好漢의國家의洪福이라

故로往古來今에驚天動地的英雄好漢이不知多少로되但其各的出處가各有ㅎ며

的時機가各有ㅎ며各的用心이各有ㅎ며各的成就가各有ㅎ니一概血論이리오

西曆十二世紀는卽支那元朝元貞年間이라歐羅巴洲中央地方에一小國이有ㅎ느니名

一

9

日瑞士라强隣日耳曼의所佔이되야호니日耳曼王의名은羅德腦이라이의瑞士를佔有

호민卽其太子亞露靽를命호야該地方에駐호야統轄케호니亞露靽가甚히無道호야

殘暴異常호고又一權臣이有호니姓은希爾曼이오名은倪士勒이라此人은不特阿諛

諂媚오凡陰險貪鷲호야亞露靽의刻剝白姓호는機謀가皆其簍畫이라故로人皆虎恨

이라指日호더라此時에瑞士國民이國破家亡을已經호니惟其苛政을

施호며酷法을行호는것全聽호야日耳曼人의牛馬와奴隷가되믈任호고悉히下心低

首호며欽恨呑聲호야不敢與較호니悲夫라亡國人의受制가如此慘烈호도다果然物

極則反이라瑞士國民이盡皆死心이塌地치아니호스으로皇天이一位同種의大英雄大

豪傑을挺生호사其塗炭을拯拔케호신지라當時瑞士烏黎地方에名維霖傷露者가有

호야魯沙尼湖上에世居호니山靑水秀호야風景의佳絶홈이久已膾炙人口라

如此好地方이有호故로如此好人物이出호얏스니昔人所謂人傑地靈者ㅣ不其然乎

期가活發호야臨事不苟호고隨機應變에個儻權奇호니見者가以其爲非常的人으로

아維霖傷露는厚背圓賢이며雙目이如電호며軀幹雄偉호며氣宇가魁梧호고且襟

將來에一番非常的事業을幹定홀者인줄을許호지라家有田園호야自耕自食호고

閒暇時候當을호야면跑向山上호야飛禽을射호며走獸를獵호고或乘舟浮海호야破浪

二

乘風으로日以爲樂ᄒ니以故로水性에熟諳ᄒ고篙法이超常ᄒ며其人이又甚慷慨ᄒ

야親戚故舊의貧窮無告者ᄅ을見ᄒ면峙濟其急ᄒ고或邀至已家ᄒ야解衣推食을曾無

少吝ᄒ며不日에胷懷大志ᄒ야戰策兵機ᄅ熟燗ᄒ며滿身武藝ᄅ得意ᄒ지라或時에

其親友로더부러暢談ᄒ면瑞士地圖ᄅ將ᄒ야某處宜攻과某處宜守ᄅ指示ᄒ니以故

로各人中에知音者가漸有ᄒ더라一日은茶餘飯後에衆人을向ᄒ야說道ᄒ되我의好

好的祖宗舊國이今에日耳曼人手裡에掌在ᄒ야國民이이의他人의牛馬가되야앗스니

不知케라何時에故國을克復ᄒ야一雵國是ᄅ整頓ᄒ며一番共和政治ᄅ創立ᄒ야一

瑞士富强之國을再造ᄒ가衆位同胞ᄂ果然此思想이有ᄒ가ᄒ니各人이其激昻慷慨

之言을聞ᄒ고皆恾々欲動ᄒ야熱血이澎湃ᄒ고而紅耳亦이라齊聲答道ᄒ되我等이

雖是匹夫나然이나國家ᄂ人民의所成이라我等이各其一分子ᄅ을占有ᄒ얏스니엇지

眼이睜々ᄒ야他人의게斷送ᄒ을肯爲ᄒ리오盟誓코執鞭以從ᄒ리라ᄒ거늘維霖

然露가各人의如此同心ᄒᆞᆷ과如此憤激ᄒ을見ᄒ고懷大喜地ᄒ야蒐集能人이라야方能驚天動

惕露로雖有此心이나恨無此力이라必須更聯同志ᄒ야

地的事業을做得出來라ᄒ고于是에好言으로써再問各人ᄒ야慰寃一番ᄒ고自己ᄂ

內宅에 退回ᄒᆞ야 長策을 徐籌ᄒᆞ야 興復을 圖謀ᄒᆞ기로ᄒᆞ니 正是强鄰이 雖啓無厭口

나志士ㅣ 難忘雪恥心이라

欲知後事如何ᄒᆞ뇨 且聽下回分解ᄒᆞ라

第二回　　　對妻兒同心談國事

詞曰　　　　　　　與朋友矢誓復民權

無邊壓力劁羣生　　國將傾　恨難平

攬轡歔欷范滂澄欲澄淸　共奮神州恢復志

凡有志　竟能成

　　　　右調ᄂᆞᆫ江城子라

却說維霖惕露가內宅에 退回ᄒᆞᆫ後에 滿腔懷抱로 搔首跐蹰ᄒᆞ니 妻子가進前問候ᄒᆞ되 應對ᄒᆞᆯ終忘ᄒᆞᆯ지라 其妻가비록生自農家ᄒᆞ얏스나 知書識字ᄒᆞ야 大義의素明홈이磓磓호男兒보다遠勝ᄒᆞᆫ지라每與其夫로天下事을縱談ᄒᆞ매古今得失을侃侃指陳ᄒᆞ야 卓見이有ᄒᆞ니維霖惕露도亦爲之心折이라一子을生ᄒᆞ니名이오 華祿他라十餘歲에 이의大方擧止가峥嵘ᄒᆞ야人을千里外에 畏怯ᄒᆞᄂᆞᆫ氣象이有ᄒᆞ고平日에父母의言論을習聞홈으로一種愛國思想이結而不解ᄒᆞ야 儼然히瑞士故土를克復ᄒᆞ기로已任을삼고 庭訓을恪遵ᄒᆞ니識者가維霖氏의有子홈을稱ᄒᆞ더라 話

說維霖惕露의妻가其夫를見ᄒ매此回歸來에愁攢雙眉ᄒ야平時에歡容笑貌와不類

ᄒ야如痴如醉ᄒ고不言不語ᄒ거ᄂᆞᆯ乃其櫻桃口를啓ᄒ야蘭憲音을吐ᄒ시嫋嫋婷婷

ᄒ야不慌不忙히回前問道ᄒ되良人이素懷大志ᄒ야卓越恒流라尋常喜怒가不形于

色ᄒ고世間聲色貨利예絕不動心ᄒ니豈或橫逆相加를因ᄒ야其浩然之氣를動得ᄒ

리오에今에鬱鬱不樂ᄒ은究竟何事오人의凌辱을被홈이아닌가抑或所談國事예意가

不投홈이아有ᄒ오가然ᄒ니道理究竟은各有見解라一番討論이多ᄒ면一層見識이多ᄒ

ᄂ니何必如此介意리오妾이良人의게適ᄒ온後로부터近水駒光이已經廿稔이라從來

不豫色이有ᄒ것을未見ᄒ얏더니今代若此ᄂᆫ實緣底事오願得其詳ᄒ노니妾이도ᄒ

一知半解가有ᄒ면或其未定ᄒ것을代爲分割ᄒ리로다維霖惕露가其妻의言을聽罷

고搖首歎道ᄒ되我之心事ᄂᆫ卿所素知라此回愁容은非出於無故니我가試爲卿講

及ᄒ호리라맛참某某親友로더부러唔談ᄒ시故로我의救國ᄒ心懷가倍加着急ᄒ야甚

ᄒ니他們이其心熱如火ᄒ야躍躍欲起ᄒ고ᄯᅩ同志가寥寥ᄒ야ᅵ顧茫茫에罔知所措라

히從速擧事코져ᄒ나오작無糧無械ᄒ되耳曼이我의亞利他地方에在ᄒ야都城을

且今日新聞紙를披閱ᄒ니說道ᄒ얏스되

建ᄅᆷᄒ고重兵을派ᄒ야戍守ᄒ니其陰謀遠慮를揣度컨ᄃ我瑞士人의生機를盡絕치

瑞士建國誌

五

아니호면其勢가不止라以故로心似轆轤호야彷徨失度호노니卿이其故을知호면當

亦爲我가不平이로다其妻가這番話說을聽호고婉辭으로答道호되妾이聞호니日耳

曼王子ㅣ亞露莎가其佞臣倪士勒의詭謀을專用호야其凶焰을煽호야作孽作威호니라ㄴ

彼가비록其目下富强을恃호나然이나冥冥써에主宰가有호지니爾時에我의仇恨을雪홀

대我의錦繡山川을蹂躪호며我의同胸種族을茶毒호니神人同嫉이오天地難容이라

且俟호야我國民의義旗가一舉호면반다시天助가有호지니講컨디暫히怡怡호고徒

日我의邦家을復호며我의主權을伸호야其孟賊을誅호지니請건디暫히怡怡호고徒

히悼々치勿소서言罷에紅淚가雙行호야芙蓉臉上에斷續호며恰然히梨花帶雨와如

호지라這等婦人의愛國話說은當今世上에鬚眉와肚氣을具有호男子가能호야坰昂

者ㅣ殺人고其子華祿他가在傍이라가其父母의這般話說을聽得호고又其舍悲限涕

호야奮激異常호을見호매坐호滿腔熱血을動起호지라卽히雙親面前의趨호야坰一

然說道호되爺爺의恒嵩憂時憂國호시ㄴ情이溢於詞色호시니兒가비록小子無知나

然이나天下興亡에匹夫興責之理은未嘗不知이온시라今에我노坧을同是亡國流離

的人으로恢復舊邦ㅎ老兒노坧을一分子을應佔호터이온뇌今에雙親써와서楚囚相對

로痛哭中庭호노비是無싸이로소이다如此哭泣으로彼日耳曼人을走케호게숩ㄴ닛가

14

엇지무日行事ᄒ야써 我們의仇를復ᄒ며 我們의恥를雪치아니ᄒ리오兒雖不肖ᄒ나

ᄯᅩᄒ盟誓코國家를爲ᄒ야盡力ᄒ고榮辱과死生은置之度外ᄒ이온대倘若恢復故

國을得ᄒ면비록兒의七尺身으로써國民의犧牲을作ᄒᆯ지라도兒가亦是情願이오나

萬若爺ᄉᆞ써옵서剋日로傳檄典兵ᄒ옵시면兒ᄂᆞᆫ決코戈을執ᄒᆞ야左右의隨侍ᄒ올터이

오니功을成ᄒ면其福을感蒙ᄒ올것이오不成ᄒᆯ지라도ᄯᅩᄒ父子의英名을萬古에留ᄒᆯ

지니爺ᄉᆞ의主意ᄂᆞᆫ何如ᄒ시닛고維霖傷露가其妻子의皆同心愛國홈을見ᄒᆞ고轉悲

爲喜를不禁ᄒ야擧頭祝天ᄒ되皇天皇天은我們의今日苦心을鑑ᄒᆞ소셔萬一我們의正

生機를不欲燕奪ᄒᆞ실진디我們을默助ᄒᆞ야此大軍을成케ᄒᆞᆷᄒ소셔二人이正

在談論間의俄聞ᄒ니隔垣犬吠ᄒ야似有人來러니繼聞ᄒᆞ매蹀蹋之聲이自遠而近이

라維霖傷露ᄂᆞᆫ一生에極爲謹愼이라人靜夜闌之際를當ᄒ야國事를暢談홈이本屬秘

密인디何由로人來之聲이竟有ᄒ지未嘗不猜疑을動起ᄒ지라因ᄒ야其子華祿他을

命ᄒ야開戶而視ᄒ니果是佳客이相訪이라延之入戶ᄒ야彼此相見ᄒ니懷慰異常이

라此人은是誰오願컨ᄃ是維霖傷露의最히親善ᄒᆯ朋友니姓은穆勒得木이오名은亞魯

拿라身軀가偉大ᄒ고鼻如縣膽ᄒ며眼似銅鈴ᄒ되面赤鬚長ᄒ니人이擬ᄒ되三國時

關公이再世ᄒ얏다ᄒ니也是瑞士國의一雄才大略人이라茶烟을旣畢에握手道故ᄒ

瑞士建國誌

七

고維霖惕露가便詢호되무合要鬧이有호뇨亞魯拿가長吁一聲에奮奮然曰日耳
曼이我의土地을佔호여我의貨財를奪호며我의人民을奴호며또束縛箝製的으로됴
愈出愈奇호지다昨日에我人이路上에在호야彼官吏의經過를適値호야爲禮
가稍遲홈으로遽被拘去호야開堂審訊에笞杖이交加호고復拍案曆罵호야其人을指
斥호되瑞士賤種이맛당이日耳曼의奴隸가될지라奴隸가主人面前에在호야速速히
行禮치아니호면其罪가應絞라호고遂히法場의押往호야正法호다호니我瑞士人
의憔悴于虐政이竟至此極이라來日方長호니冤慘設想이리오試問컨디古今에這
般法律이有호며這般政刑이有호냐冤氣ㅣ滿空호야慘無天日이라今不起義면更待
何時오說龍이聞眸이야怒氣ㅣ勃勃호니三人이其說을聞호고莫不咬牙切齒
호야憤憤不可當이라維霖惕露가便道호되足下가如此着急호것은果然我의卽行擧事
를要호눈가更히抑徐徐乃發을俟호눈가亞魯拿가挺身拍胸호야日天時가已至에機會를
不可失이니遲疑濡滯치勿호라我輩가旦로足下의投袂而起를望호이大旱에雲
覽을望홈과갓타니萬一義旅을首擧호면誓必코生死相隨호야同甘共苦호이彼異族
을驅호고我의疆圍을復호리라호디維霖惕露가又答追호되足下之志는固屬可嘉에
나然이나但其一을知호고其二는不知로다我輩가天의空氣를吸호야生存호엿스니

16

我의 爲人的 責任을當盡홀것이오 愛國的 思想을當存홀것이나 所慮눈輕擧妄動호야 驅羊飼虎가되면 不獨貽笑後世라 我의 全族이반다시 一層苦楚를 更加호리니 萬若 十分謹愼호야 計出萬全이아니면 有濟기斷難호지라 現下 大勢를 據호야 論호건딘 抵當호리 同志 無幾라 萬若勉强호야 烏合之衆을 糾聯호면엇지 足히 他의 久鍊之兵을 抵當호리오 事一瓦解면徒死何益가 先히 好漢英雄을 搜羅호야 待時乃動호 然後에야 旗開에得 勝이오 馬到에 功成홀지로다 亞魯拿가 忙急히 答道호되 日耳曼의苛政이 至今已極호야凡 我瑞士國民이 無不痛心疾首호눈지라 我가平日에 이許多志士를 結識호얏스니偸히 傳檄一呼호면十萬之衆을 咄嗟에 可集이라 爾時에 足下눈 大元帥가되고 僕이佐之호면義師一到호니誰가 簞食壺醬으로써 迎치아니호리오 請건딘 雄圖를 遠振호고 依然히 鬼守치勿호라호니 說話間에 不覺東方將白에 茅店鷄鳴이라 不得已호야握手作別홀식 更히 叮嚀一番호고乃行호다 維霖惝露的 夫妻父子三人이 喜形于色호야 計策을 商量호고 亞魯슐슐의 如何 接濟를 俟호야 共히 驚天動地的 奇功을 建立홀터이니 正欲知後事何如턴 且聽下回分解호라

第三回　發忍兵恃勢奪緋牛　愛國士傳檄招人馬

九

17

詞曰　涙如泉　問皇天　中興故國在何年　誰揚租逖鞭
　　　鑿我井　耨我田　自耕自食此晏然　林泉養志堅
　　　右調ᄂ雙紅荳라

却說亞魯拿가回家ᄒᆞᆫ後에自然히還意思을將ᄒᆞ야恢復을圖謀ᄒᆞ더니一日은雲濃似墨ᄒᆞ고雷乃發聲ᄒᆞ야甚이라一般耕田人이皆荷簑荷笠ᄒᆞ고有事西疇ᄒᆞ니正是雨後有人耕綠野的景象이라亞魯拿의父親은世代耕田人이라是日에亞魯拿을率ᄒᆞ고同賈耒耜ᄒᆞ야適彼南畝ᄒᆞ야牽牛偕往에父子二人이隨步隨談ᄒᆞ면서隴畔에到着ᄒᆞ야고同力合作ᄒᆞ더니亞魯拿의父親이雖是有氣有力的人이나但年近古稀라精神이難免減損이라況時當正午에雨晴日麗林木陰中에憩息ᄒᆞ야炎熱이遍人ᄒᆞ니父子二人이操作之餘에揮汗如雨라不得不休息少頃일ᄉᆡ耒耜을暫停ᄒᆞ고父子二人이世事를互談ᄒᆞ면서故國의淪亡을嘆息ᄒᆞ고强隣의壓制을憤恨ᄒᆞ야正在談吐間에忽然喧嘩之聲이驚波怒濤와恰似ᄒᆞ야크게千軍萬馬의勢가有ᄒᆞ니是ᄂ權臣倪士勒의兵士가行經此間ᄒᆞᄂ지라還兵士ᄂ非常히殘忍홈으로久著大名者라城狐社鼠가되야作威作福ᄒᆞ야人家의財物을刦奪ᄒᆞ고며人家의妻女을强姦ᄒᆞ야極大罪極凶惡之事을無所不爲ᄒᆞ더니當下에洶々湧々히

林下에來至ᄒᆞ야亞魯拿의耕牛ᄅᆞᆯ見ᄒᆞ고刦掠的野心을動起ᄒᆞ야곳牛ᄅᆞᆯ將ᄒᆞ야牽執

ᄒᆞ고帶返코져ᄒᆞ야物의有主ᄅᆞᆯ不計ᄒᆞᄂᆞᆫ지라那時의亞魯拿의父親이攔阻問道ᄒᆞ되

各位老兄아此牛ᄂᆞᆫ是我의所有오其餘何물去ᄒᆞ오니無容多說ᄒᆞ라拿去ᄒᆞ야我首相ᄭᅴ敬奉

ᄒᆞ되這隻肥牛가我們首相의心意에甚合ᄒᆞ니無容多說ᄒᆞ라拿去ᄒᆞ야我首相ᄭᅴ敬奉

ᄒᆞ깃노라亞魯拿의父親이他의人强馬壯ᄒᆞ고無理橫行ᄒᆞᆷ을見ᄒᆞ매다만善爲說辭ᄒᆞ

야再三求免ᄒᆞᆯᄲᅮᆫ이라亞魯拿가在傍ᄒᆞ야如此强暴을見ᄒᆞ고곳進前罵道ᄒᆞ되爾們馬

尿가官勢ᄅᆞᆯ憑藉ᄒᆞ야白日靑天에亂刦亂奪ᄒᆞ니尙有人心가究竟是恁樣人이라도報

償을快히ᄒᆞ려ᄒᆞ니我의牛ᄅᆞᆯ放下ᄒᆞ라兵士가怒道ᄒᆞ되爾無知蟻民瑞士賤種아爾가

今日에我倪士勒의精兵을不知ᄒᆞᄂᆞᆫ가快々히爾의耕牛ᄅᆞᆯ把去ᄒᆞ야我을與ᄒᆞ고更勿多

言ᄒᆞ라如若不然이면我們이爾을利害케ᄒᆞ手段을取ᄒᆞ야原來亞魯拿ᄂᆞᆫ倪士勒의

名을一聞ᄒᆞ면문득咬牙切齒ᄒᆞ야能히他을把ᄒᆞ야肉化爲灰ᄒᆞ고骨化爲塵께못ᄒᆞᆷ을

常恨ᄒᆞ더니今에兵士의如此호野蠻舉動과如此호恃勢欺人홈을見ᄒᆞ야生民을殘害ᄒᆞ고財

油가되야怒難自禁이라屬聲喝道ᄒᆞ되爾們走狗가助紂爲虐ᄒᆞ야我의耕牛ᄅᆞᆯ將ᄒᆞ야爾의所有ᄅᆞᆯ作

物을刦奪ᄒᆞᆨ것이이미罪惡이彌天ᄒᆞ얏거ᄂᆞᆯ오히려我의耕牛ᄅᆞᆯ將ᄒᆞ야爾의所有ᄅᆞᆯ作

코져ᄒᆞ니是何奢望고我ᄂᆞᆫ眞々實々로爾을對ᄒᆞ야說破ᄒᆞ노니好々히牛ᄅᆞᆯ放下ᄒᆞ고

跑去ᄒᆞ면便罷ᄒᆞ려니와萬若再次搖唇弄舌ᄒᆞ야變計를ㅅ知ᄒᆞ면맛당이老拳으로계

飽케ᄒᆞ리라兵士가聽罷의怒不可當일ᄉᆡ곳摩拳擦掌ᄒᆞ야相打起來ᄒᆞᄂᆞᆫ지라亞魯拿

ᄂᆞᆫ原來有名的打手라自少로拳脚工夫을好習ᄒᆞ야滿身武藝를鍊得ᄒᆞ야一能敵百이

라엇지這般野蠻兵士를恐怕ᄒᆞ리오所以로打得落花流水ᄒᆞ야一回合에未及ᄒᆞ야那

兵士가頭傷手損ᄒᆞ者도有ᄒᆞ며當場死亡도有ᄒᆞ며魂ㅅ附體ᄒᆞ야地下의蹶跌ᄒᆞ

者도有ᄒᆞ며闇風潰散도有ᄒᆞ야死傷逃亡이不一而足이라那殘兵

이勢頭가不好홈을見ᄒᆞ고또不是敵手인줄을知道ᄒᆞ지라隨打隨退ᄒᆞ야營門으로走

回ᄒᆞ야倪士勒의게稟告ᄒᆞ야人馬을起來ᄒᆞ然後에再作道理라ᄒᆞ고這般野蠻兵士가

走去ᄒᆞ後에亞魯拿가靜心一想ᄒᆞ니必有後患이라문득其父親ᄭᅦ向ᄒᆞ야牽牛回家ᄒᆞ

야ᄭᅴ險을避ᄒᆞ야跑ᄀᆞ過來ᄒᆞ거늘亞魯拿가開此風聲ᄒᆞ고心便明白起來ᄒᆞ야忽々忙々

風馳雲捲ᄒᆞ야其父가風燭殘年에懇于疾走ᄒᆞᆯ뿐더

러ᄯᅩ老人의心事로耕牛가恐ᄒᆞ야落홈을가恐ᄒᆞ야遲疑莫決ᄒᆞ니亞魯拿가見勢已

迫에無可奈何라先自跑去ᄒᆞ더니倪士勒이人馬을親率ᄒᆞ고

趕削來가急於星火라倪亞魯拿의踪跡을不見ᄒᆞ고大失所望이라遂히一面으로派

兵搜尋ᄒᆞ고 一面으로 其父ᄅᆞᆯ 將ᄒᆞ야 細縛拿去ᄒᆞ야 及其到營에ᄂᆞᆫ 不審不訊ᄒᆞ고 亂拷

亂打ᄒᆞ야 皮開肉爛이라 這六七十歲老人이엿지 這樣苦楚의 刑罰을 捱得ᄒᆞ리오 設使

他의 男子ㅣ 가罪가有ᄒᆞᆯ지라도 亦不應這樣殘忍이라 古來의 罪不及妻孥라ᄂᆞᆫ 法律이 于

今安在오 那老人이 亂打ᄅᆞᆯ 旣被ᄒᆞ고 쯔承允ᄒᆞᆯ 姿호되 三天之內을 限ᄒᆞ야 亞魯拿ᄅᆞᆯ 將

ᄒᆞ야 交出ᄒᆞ라 不然이면 杖下之鬼가 되리라ᄒᆞ니 如此惋懷的 情形은 縱是 石獅라도 也

解流淚로다 且說亞魯拿가 山谷의 躱匿ᄒᆞ야 不覺에 太陽이 西下ᄒᆞ야 林鳥가 爭樓타四

面人馬聲이 寂然無聞ᄒᆞ거ᄂᆞᆯ 乃蛇步鼠行으로 小心翼々ᄒᆞ야 隴畔의 步出ᄒᆞ야 擡頭四

顧에 其父의 在호바을 不見호지라 初也에ᄂᆞᆫ 或人林躱避ᄒᆞᆫ가 疑訝ᄒᆞ야 四處呼叫

ᄒᆞ되 答應聲이 沒有ᄒᆞ니 心下에 被兵捕去가 된줄을 知了ᄒᆞ매 且悲且憤ᄒᆞ야 即時家中

으로 潛回ᄒᆞ야 家幹庶務ᄂᆞᆫ 親鄰의게 照料ᄅᆞᆯ 委托ᄒᆞ고 次日黎明에 即起ᄒᆞ야 梳洗ᄅᆞᆯ 已

畢에 束裝起程ᄒᆞ야 遠適友家ᄒᆞ야 一面으로 竟地藏身ᄒᆞ고 一面으로 其父에 消息을 探

訪ᄒᆞ시 及至友人家裡ᄒᆞ야 茶烟을 未畢에 有人來報ᄒᆞ되 城內에 一張新告示ᄅᆞᆯ 貼ᄒᆞ얏

ᄉᆞ니 乃賞格을 出ᄒᆞ야 拿人的 告示라 其詞에 曰

兹有逆匪　名亞魯拿　大逆不道　貌觀官家　官兵勇士　亂打交加

其父到案　已受鏁柵　今出賞格　購拿于他　如有拿得　卽送本衙

瑞士建國誌

十三

亞魯拿가這般話說을聽罷호믹心如火熾호야怒憤이異常이라即屬聲道호대他日耳

曼人이我端士人을眼中釘으로認호지가今日부터始호이아니라他가我의土地을奪

호며我의人民을殘害호얏스니正是大逆小道요逆匪大賊이라倘不自量호고他도셔

我們의有些知覺과有些逆氣호人을一網打盡코져호는나我가今日에不反호

논것이大逆不道가될가一反而舊國을恢復호는것이遊匪가될가與其假逆으론不如

眞逆이라호說話之間에悲從中來을不禁호야幾點英雄의淚을擲下호눈지라四座

友人이如此奮激과如此愛國을見호고便皆敬起來호되老兄은何必

憂心如許리오這件事情은乃我端士人의應盡喜責任이라我們이許久에有此心志호

되但恨無人호야四處遊說호야鼓舞人心호지라所以로我瑞士同胞가長時不見天日

的地獄에在호더니今에老兄이眞心誠意로這件事情을肩任호니我等이雖不才나一

臂之助호되기를願호노니老兄尊意가如何오亞金拿가那說話을一聽호믹맛치雪中

送炭을見홈과如호야喜如雀躍이라문득忙忙히答道호되有人心이니幸甚

幸甚이라오작眞實心地와刻苦工夫로堅持不變호야壯士을廣招홀터이니現在에同志

가窶寠호나小弟가四處一走호야檄文을傳師호야壯士을廣招홀터이니然後에同志

而動호면豈不是好리오호고于是에同志을邀齊호야一幽靜호地方의聚集호야執筆

22

者도有ᄒᆞ고磨墨者도有ᄒᆞ야斟酌盡善ᄒᆞ야一張恢復舊國ᄒᆞᆯ檄文을草創ᄒᆞ니名은愛

國竊이恢復瑞士檄이라其文曰

我瑞士ᄂᆞᆫ乃歐羅巴之故國으로與日耳曼爲比隣이라土地膏腹ᄒᆞ고人民富厚ᄒᆞ야

西有尼河天塹ᄒᆞ고南拱比嶺懸崖ᄒᆞ니可謂金城湯池ㅣ天然鞏固者矣라詎意隣의耽

虎眼이欲逞狼心이리오如日耳曼者ᄂᆞᆫ種實野蠻으로志圖呑倂ᄒᆞ야欲奪鵲巢於南

國ᄒᆞ고將離兎窟於北方이라勤彼干戈者ᄂᆞᆫ야傾吾城吐ᄒᆞ니橫征暴斂이已懷萬年不

朽之事ᄒᆞ고倒行逆施가大縱平素無厭之欲이라我國은人爲奴隸ᄒᆞ고地入版圖ᄒᆞ故

야一朝에成千古之悲ᄒᆞ고月暮에酒途窮之淚라神州回首ᄒᆞ니望恢復於何年고且相巨盜僞君이得隴

傷心ᄒᆞ니秋風惡惡政이日異月新이라張爪牙於青天白日之中ᄒᆞ고置生靈於水深火

望蜀ᄒᆞ야苛殘虐奪ᄒᆞ고繼以荒淫ᄒᆞ니此正天地之所不容이오神人之所同嫉者

熱之下ᄒᆞ야橫行刼奪ᄒᆞ고繼嬴荒漫ᄒᆞ니同病相憐으로爰擧義旗ᄒᆞ야蒐羅志士ᄒᆞ노니師蘇格蘭之

北라僕等은呻吟已久에同病相憐으로爰擧義旗ᄒᆞ야蒐羅志士ᄒᆞ노니師蘇格蘭之

布魯ᄒᆞ며法猶太國之摩西ᄒᆞ야竭力磨碑에偫期作鏡이오誠心點石이亦可成金이

라英豪烈士之工夫가類皆如是ᄒᆞ니邦家恢復之擧動이何莫不然이리오求我國民은盡其責任ᄒᆞ

라誓達霓虹之的ᄒᆞ고天荒地老도록終求屈蠖之伸이라求我國民은盡其責任ᄒᆞ

十五

노니世無難事ᄒᆞ야志立竟成이라名義正則天助其與이오人心一則國賴以復ᄒᆞᄂ
니此ᄂᆞᆫ人賞自立이오義不容辭者也ㅣ라登宜趨勢附炎ᄒᆞ고因循瞻望ᄒᆞ야仰他人之
鼻息ᄒᆞ고失獨立之天權이리오同胞等은或讀學堂ᄒᆞ며或耕綠野ᄒᆞ며或牽車而服
買ᄒᆞ며或戴笠而從工ᄒᆞ니皆先王之子孫이오瑞士之種族으로同心誓水ᄒᆞ고衆志
成城이라獨立庭旗ᄂᆞᆫ赫赫高張蔽日ᄒᆞ고自由鍾皷ᄂᆞᆫ轟轟振起如雷라以此脫阮陀에
何阮不消ᄒᆞ며獨立庭旗ᄂᆞᆫ共憤同仇之慨ᄒᆞ야毋袞愛國之心이어다
他日政躰之共和ᄂᆞᆫ畢竟同胞之幸福이니百爾君子ᄂᆞᆫ盡興ᄉᆞ來리오
草莽에當衆盲讀을一次ᄒᆞ고即히數人을派ᄒᆞ야騰寫ᄒᆞ니一千幾百張을寫得ᄒᆞᆯ지라
然後의亞歐拿가携帶滿身ᄒᆞ고登卽發程ᄒᆞ야別處地方으로向去ᄒᆞ니卽是被風帶月
ᄒᆞ고櫛風沐雨ᄒᆞᄂᆞᆫ苦味을備嘗ᄒᆞᆯ지라凡大志ㅣ有ᄒᆞ고大事을辦ᄒᆞᄂᆞᆫ者ᄂᆞᆫ這樣苦楚
을視爲等閒ᄒᆞᄂᆞ니엇지海島飄蓬이亦復何昧的嗟嘆이有ᄒᆞ리오正是出生入死ᄂᆞᆫ男
兒事니엇지登任他人奪自由로다
後事의究竟如何ᄂᆞᆫ下回을請看ᄒᆞ라

第四回

詞曰

駕扁舟乘風波巨浪　唱歌曲苦口勸羣心

馬牛奴隷何時了　肚士強哉矯　扁舟一葉大洋中

24

冒險輕生破退奧乘鳳　　野蠻虐政呻吟久

合群恢復舊山河　　同心一德齊唱自由歌　　難堪懸河口

右調ᄂᆞᆫ虞美人이라

亞魯拿가檄文을帶了ᄒᆞ고四處로傳布ᄒᆞ니星夜疾走에風餐露宿이라却說瑞士가平

日에一班會黨이已有ᄒᆞ야其頭目은二三人이有ᄒᆞ니一은名翁德華丁이오一은名師

格哇오一은名廬多利라搖黨牛年에이믜三百五十人에至ᄒᆞ얏스니瑞士舊國을恢復

喜志가有ᄒᆞ야日夜로武藝를鍊習ᄒᆞ고兵心學을講求ᄒᆞ야勇猛向上的心懷를了不可當

이라亞魯拿가這黨人이有ᄒᆞᆷ을聞ᄒᆞ고私中大喜ᄒᆞ야登山涉水ᄒᆞ야芳蹤을往寬ᄒᆞ

야及此亞魯拿가得見ᄒᆞᆯ時에는他們이眉目粗大ᄒᆞ고眼精이灼灼有光ᄒᆞ야一般中興

則似猛虎離山이오勳足則蛟龍出海라聲音이激厲ᄒᆞ고氣宇가軒昂ᄒᆞ야

好漢을生成ᄒᆞ야지라亞魯拿가細呼一頓에哭ᄃᆞ부러時局을大談ᄒᆞ니一讀에便跳起ᄒᆞ야兩

을取出ᄒᆞ야他們의一覽을與ᄒᆞ니他們이皆忠肝熱血人이라我們의瑞士故國河山은

眉에愁鎖ᄒᆞ이春江欲雨的樣子와恰似ᄒᆞ지라我們이同心協力ᄒᆞ야共히舉義恢復ᄒᆞᆯ거슬

不堪回首라我們이맛당이等은皆少年有奇氣的人이니他日舉事에亞

魯拿가其言을聞ᄒᆞᆫ後에點的說道ᄒᆞ되足下等은皆少年有奇氣的人이니他日舉事에亞

十七

弟ᄂᆞᆫ附驥ᄅᆞᆯ願ᄒᆞ노라他們이亞魯拿의如此謙遜ᄒᆞᆷᄋᆞᆯ見ᄒᆞ고便히起愛敬ᄒᆞ야亞魯拿ᄅᆞᆯ留

ᄒᆞ야自巳家에住ᄒᆞ야居住게ᄒᆞ고朝夕談心에風雨聯床이라且說維霖愓露가亞魯拿

ᄅᆞᆯ送別ᄒᆞᆷᄋᆞ로부뎌屈指計日ᄒᆞ여긔의幾個月이라又聞ᄒᆞ니他의父親이倪士勒의拿

去ᄅᆞᆯ被ᄒᆞ야三天之內ᄅᆞᆯ限ᄒᆞ야亞魯拿ᄅᆞᆯ交出ᄒᆞ되若不能交出이면死罪ᄅᆞᆯ要問ᄒᆞᆯ다

ᄒᆞ고繼ᄒᆞ야又聞ᄒᆞ니他의父親이ᄆᆡ死ᄒᆞᆫ지라心中의悲憤ᄋᆞᆯ不勝ᄒᆞ니但亞

魯拿의行跡이何處에現在ᄒᆞᆫ것을不知ᄒᆞᆫ지라正在思憶間에忽然히一朋友가川門

啓門迎接ᄒᆞ야茶烟이旣畢에握手談心ᄒᆞ니此人은是誰오乃斯知念地方에志士ᅵ戚

呼道ᄒᆞ되某某人이來到ᄒᆞ야要緊호事情이有ᄒᆞ야與老兄打話ᄒᆞ니維霖愓露가

里尼가止라此人은身雖矮小ᄒᆞ나心志가極大ᄒᆞ야恢復舊邦思想이有ᄒᆞᆫ男子라所

以로維霖愓露의家에來ᄒᆞ야傾談ᄒᆞᄂᆞᆫ當下에所講說話ᄂᆞᆫ皆是維霖愓露ᄅᆞᆯ催促ᄒᆞ야

早히擧事ᄒᆞ져ᄒᆞᆷ이오且道ᄒᆞ야現下斯知念에太半人이已有ᄒᆞ야是維霖愓露ᄅᆞᆯ願聞ᄒᆞᄂᆞ야

足下ᄂᆞᆫ快히勤身ᄒᆞ야我와偕往ᄒᆞ야亞當拿를逢着ᄒᆞ고熱心이汾湧ᄒᆞ야坐言을起行ᄒᆞᆯ서即速히半肩行

라維霖愓露가這般說話ᄅᆞᆯ聽了ᄒᆞ고感里尼로더부러斯知念地方에

李와五色軍裝을整束ᄒᆞ고向去ᄒᆞ야及其斯知念地方에

到ᄒᆞ야ᄂᆞᆫ那們同志人과會而ᄒᆞ미皆相見恨晩的意가有ᄒᆞᆯ지라一宿을宿了ᄒᆞ고明日

26

에聯齊起程ᄒ야亞壽拿을往訪ᄒ며多少英雄好漢을蒐羅ᄒ야셔大都指天盟誓ᄒ야說

道ᄒ되我們의應做ᄒ責任을盡ᄒ것오我輩의舊國을恢復ᄒ며我輩同胞을拯救홈이

너皇天后土은共히此志을鑑ᄒ소셔若事不成이면靈願死榮이오亦不死辱ᄒ리라ᄒ

더라當下數十人이行ᄒ야羅上阿畔의至ᄒ니忽然히天昏地黯ᄒ야四野黑雲이오雷

鳴電閃이轟轟炫々ᄒ야勸人耳目ᄒ고風雨大作ᄒ야波浪이怒翻ᄒ니舟子가不敢渡

客ᄒᄂ지라維霖愓露가他們이退縮ᄒ가恐ᄒ야便厲聲道ᄒ되我輩今日에辨事ᄂ是出

生入死을却不怕了니區區颪雨가엇지我們의前程을阻ᄒ리오僕이平日에水性을諳

ᄒ니若舟子가不肯放渡ᄒ면僕이可히自手拔舡ᄒ라이니我輩의手足兄弟ᄂ請컨대

實念頭에立ᄒ야危險을同冒ᄒᄌᄒ니衆人이闤羆에皆欣欣喜色으로聯袂登舟ᄒ거

를維霖愓露가舡子을把住ᄒ고其航을上下ᄒ니舟行如飛ᄒ야不覺에彼岸에到

了ᄒ지라那時의亞壽拿가逞遠地方에在ᄒ야維霖愓露와及一般壯士가到來홈을聞

ᄒ고滿心喜悅ᄒ야卽히同志을聯齊ᄒ고郊外에出ᄒ야迎接ᄒ니大都握手ᄒ야姓名

을通ᄒ後에寓所로帶回ᄒ야賓主을不拘ᄒ고卽히烹羊宰牛ᄒ야大擧酌大宴ᄒ니那時

에維霖愓露에子ㅣ華祿他도在席ᄒ야見了에國事을歎ᄒ야滔滔不絕ᄒ더

라亞壽拿가維霖愓露을同ᄒ야問ᄒ되弟의父親消息이如何오答道ᄒ되聞ᄒ니倪士

鞠이已行戕害라호니亞渺拿가聞罷에悲捕이興當이라踵呼蒼天호야哭了一聲호고

送父歸天的形狀을作호다於是에檄文을將호야維霖傷露의一覧을與호니維霖傷露

가鼓掌贊美호고고舉座同志가皆附和호더라是旣에宴飲已畢호민維霖傷露가幾分醉

意를帶得호고고歌曲一首를作호니名曰愛國歌라向衆歌唱호니此時를當호야維霖傷

露의精神이裏々호고氣象이堂々호야面似桃花호고舌如蓮瓣이라激昻懷慨호고痛

快淋漓호야仙人下降的樣子와恰似호더라其詞에曰

愛國歌

愛國歌
未開口唱淚滂沱　瑞士昔爲財富國　膏腴土地國民多　富源
遠接尼河水　山河鞏固比嶺峨嵯峨　怎料虎鄰闘併我　無端侵伐動干戈　今日
國亡城又破　民心渙散奈誰何　地櫃財政盡握在他人手　種族同胞受犛磨　歌
至此最心傷　何時恢復拒貪狼　國家自古憑民氣　民氣堅強國乃強　我今要把
同胞問　還念神州與故鄉　如紀念要提倡　誓扶故國不至淪亡　國民責任人々
盡　轉瞬三年國復昌　粉身碎骨誓把文明購　贏得芳名萬古香　那時拒絕日耳
曼　野蠻賊種盡付大西洋　賊既去國康莊　共和立政地久天長　民樂自由那獨
立　此時强盛百世名揚

維霖傷露가唱畢에衆人皆拍掌稱美이라輪名演說호시所演說話는皆是救民救國的

主意라 那夜에 高談雄辯이 興高宋烈ᄒᆞ야 談話之間에 不覺東方旣白ᄒᆞ야 鷄鳴天曉라

總히 梳洗를 畢ᄒᆞ민 卽히 各自起程ᄒᆞ신 千金一刻의 時候를 不可少失이니 正是頂天立

地奇男子ᄂᆞᆫ 愛惜光陰不敢輕이로다

欲知後事若何ᄒᆞ든 且聽下回分解ᄒᆞ라

第五回　　亞魯拿募兵渡二河

詞曰　　俠士驚天動地　仁者捨生取義　華祿他隨父過平鎭

寧死當爲厲鬼　壯志壯志　一片愛國心

右調ᄂᆞᆫ如夢令이라　誓不民權放棄

却說當下에 大都早起ᄒᆞ야 大都早起ᄒᆞ야 鎭守ᄒᆞ고 弟ᄂᆞᆫ別ᄲᅥ로 往ᄒᆞ야 有勇有謀ᄒᆞ니 這兵

로 招人者도有ᄒᆞ며 糧餉을籌畫ᄒᆞᄂᆞᆫ者도有ᄒᆞ며 軍裝을蒐羅ᄒᆞᄂᆞᆫ者도有ᄒᆞ며 地勢을

測量ᄒᆞᄂᆞᆫ者도有ᄒᆞ며 消息을打聽ᄒᆞᄂᆞᆫ者도有ᄒᆞ며 錢財를打算ᄒᆞᄂᆞᆫ者도有ᄒᆞ야 這班

壯士가各其分派ᄒᆞ야出門去了ᄒᆞ시 亞魯拿가維霖惕惕ᄒᆞ야說道ᄒᆞ되足下의父

子二人은不必他往이오此處에留在ᄒᆞ야我瑞士의最大ᄒᆞ部落은鳥黎地方이니該地方은足下의故

士를招募ᄒᆞ야再返ᄒᆞᆯ지라我瑞士의最大ᄒᆞ部落은鳥黎地方이니該地方은足下의故

居라人馬가强盛ᄒᆞ고且足下의遺下ᄒᆞ風化가有ᄒᆞ니別處에比ᄒᆞ면尤好ᄒᆞ지라足下

가무含書信이有호야弟를託호야帶夫케홀진디請컨디草就호라維霖傷露의子

華祿他가亞魯拿의說話를聞호고不慌不忙히進前言道호되世叔이萬若烏黎로往호

실진디姪이拜托홀것이有호나다姪이平日在家讀書홀時에一班文八學士를結交호

얏스니他們은皆有熱心後復著라我의一封을將호야他들與호면他가必코叔父을

隨호야來호리다今日辦事의情은無論甚麼人이고搜羅를要홀지니다說罷에亞魯拿을

와維霖傷露가皆發掌道妙호니筆落蠶聲的樣子와恰似호더라其詞에曰

張를取出호야擧手直寫호니華祿他가即히書記室에走入호야大筆一枝와白紙一

憶我好兄弟　幼學在烏黎　當年共筆硯　朝夕藉提撕　別後多炎進　同胞若望

覓　邦家成瓦解　百姓墜塗泥　快舉擎天手　提携疾苦嗁　猶太出埃及　全憑

一摩西　斯人終不出　舊國永沉迷　立定安邦志　違論年歲低　執鞭今有志

謂勿學夷齊

華祿他가這封書信을草就호야即히亞魯拿의手에交與호니亞魯拿가接受호야行李

內에放下호고고即히維霖傷露의父子二人으로더부러明年正月某夜로起義호야擧火

爲號로約定호고幷히擧義的秘密事情을將호야如此如此와這般這般을一々說罷호

然後에握手作別호고啓程而去홀서維霖傷露의父子가遠送于野호야叮嚀一番호然

後에寓所로返호다亞擧拿가直히萊因과苦安의兩道河水區에至호야買舟渡過호야烏黎로向去니호該兩河水논連漁可愛가亞擧拿을送去호後로부터寓中에浪跡호매那班壯士의同來를不見호지라父子가甚히寂寥호야다晡鳥가婉轉호야一種催人出游的氣象을生成호지라是日에維霖惕露가室內에端居호야心眼이來潮호야悶悶不樂으로一切操演軍械的事에雅不欲勤이라其子ㅣ華祿他가其父의如此히快々不安흠이必是感觸이有흠을料得호고進前稟道호니何如호니잇가維霖惕露가一聞에必喜호야連忙答道호되妙極妙極호야天朗氣淸호야好鳥催游호니陟彼高岡호야鳥獸를打獵이라彌父가今日에悶從中來호야不能自解라호고在此間에無聊를更增호리니打獵一事논大有是心이라但未知케라爾가同行음願호논가在寓鎭守호논가호니試想호건되華祿他논少年英俊으로一聞個不羈的人이오또지同行치아니호리오故로其父의問호논바를一聞起호고弓箭을取出호야身上에配帶호고家丁兩人이隨行隨話호야登山涉水에不覺艱苦라行起程호야野村後深山을向호야往호서兩人이

호야 一平原地方에 至호니 맛참ᄉ 牌時分이라 太陽이 當空에 酷暑ㅣ 蒸人호야 異常히

苦ᄒ지라 遂히 林間에 暫히 憩息홀ᄉ 乾糧을 取出호야 午餐호야 小食의 用을 作호니 淸泉

이 爲酒호고 古石이 爲撻호야 飮食之餘에 頓覺幽雅호야 크게 呼吸湖光飮山綠的景象

이 有호더라 餐畢에 略坐少頃이라가 가半山에 跑上호야 張弓放矢호야 走獸와 飛禽을 向

호야 射호나 原來維霖惕露는 穿楊貫虱의 妙技가 有호야 弓矢一張에 百發百中이라 父

子二人이 二三點鍾을 射了호야 매射獲호 飛禽走獸가 恒河沙數로 有如山積호되 尙無倦

意라 다만得物이 太多호야 難于携帶일ᄉ 只得停手不射호고 衆獸를 將호야 一大堆를

細成호야 山下에 撞返호지라 華祿他가 寓內에 帶回호것을 見호매 비록 百數十人이 食

호야도 不盡이오 庄天時가 暑熱호야 虫蟻가 易生이라 若越數夜면 恐壞衛生일시 市鎭

에 帶往호야 求價而估호는것이 맛당호지라 便將惕情由호야 禀告其父호니 維霖惕露가

其說得有理호을聽了호고 隨口答道호되 果然卓見이라호고 遂히 一同前去호야 那禽

獸를將호야別ㅅ의게轉賣호시 及其市鎭地方에 至호야ᄂ 不過半點鍾에 一估罄이

니該市鎭이 自開闢以來로 보牲口의 如許之多를 未見호지라 當下에 維霖惕露父子가 那

物을將호야 盡行賣去호니 腹子의 飢渴이 起來호니 父子二人이 同上

茶樓호야 茗을 嚥호고 並히 晚膳을 亲호시 茶談酒話ㅣㅣ在所不免이라 二人이 正在談話

間에 忽然人聲이 皷噪起來하야 四座가 惶々而起하거늘 二人이 不解何故하야 吃了一

驚하고 忙々下樓하야 這事를 訪探할지라 正是 無端市井人喧噪하니 酒話茶談亦吃驚

이로다

後事가 果屬如何할지 下回에 自然詳載라

第六回

懸冠冤人民須下拜　　折木柱父子被擒拿

詞曰

亡國事堪悲　　身世何從托　　自古英雄困阨多　　民賊心情惡

土地已爲呑　　種族頻遭厝　　不復深仇勢不休　　寧以身殉國

右調는 白尺橋라

話說維霖惕露ㅣ父子二人이 衆人의 皷噪之聲을 驚聞하고 茶樓에 下了하야 人叢中에

走進하야 其事를 訪探할새 當下에 父子가 市亭에 同到하야 見하즉 人多如卿하고 恭

々敬々히 擧半整冠하야 爲禮한然後에 衆人을 向하야 道하되 列位先生께 請問하노

니 我們이 這市鎮에 在하야 生業을 各謀하더니 靑天에 相安無事하더니 緣何로 忽然

喧噪起來하느뇨 맛참一蒼顔白髮老人이 人叢中에 在하다가 維霖惕露ㅣ父子의 如此

恭敬홈과 如此殷問홈을 見하고 還回一禮하야 啓言答道호되 客官이 有所不知아 吾人의

이於此貿易홈은 지 有年에 樂業安居하야 尙히 喧噪하는 事가 未有하얏고 間或升斗尺秤의

33

欠了公平이有호야三言兩語의爭執이有호더라도容易히調停安協호야和氣가無傷

호더니但今日에喧隱起來호것은事非無故라客官은傾耳호야老人의告호눈바를聽

호라호거눌維霖惕露父子가其曖鑠이異常호고坐禮儀와氣力이凡人之右에遠出홈

을見호고一禮를復下호야詳細言明을請호니老人이再開言道호되噫라我們瑞士가

日耳曼의게驪屬호以來로彼의虐政을消受호얏스니誰가今日에彼日耳曼政

府가다시一新例를創出호야더욱千古奇聞이될것을料度호얏스리오彼가對面地方

大市鎭에在호야一枝長木柱를樹立호고每日에一個公候의禮帽를把호야柱頂에懸

置호고柱脚에石碓一塊를立호야告示一張을印刻호얏스티其大意눈無論何人호고

此地을經過호면반다시鞠躬脫帽호야爲禮홀것이오萬一此帽를戴호人을見호면不

得稍慢이되萬若明知故犯호야不肯下禮호눈가有호면反徒로論罪호리라호얏스

니我們의行商坐賈와彼此往來호눈旅客이엇지能히方便하리오所以로衆人이今에

喧嚷起來홈이라호고說罷에氣象이凄凉호고詞色이憤懣호지라維霖惕露가這般說

話를聽了호매熱血이內熒호야即히暴官汚吏를將호야盡行殘滅치못홈을恨호나惟

是辦大事的人이極要小心이라所以로不敢怒形于色호고只得含忍호야平說話를

作호야曰此蜚눈眞我們의夢不到之事오眞我們의極不幸之事니鼓噪起來가無怪라

ᄒ고 說罷의 衆人을 向ᄒ야 別禮를 一告ᄒ며 老人으로더부러 握手言別ᄒ다子是에 父

子二人이 浩然歸志로 寓所에 返ᄒ야셔 當下에 速步而行ᄒ야 一路想法으로 不知不覺에

到了門口ᄒ야 叩戶進內ᄒ니 父子二人이 自然히 此事를 將ᄒ야 懸在心頭를 不免ᄒᆞ으

로 朝思夕想ᄒ며 日商夜量ᄒ더라 却說倪士勒이 究因何事로 這種手段을 出ᄒ야 帽子

를 將ᄒ야 懸竪홈은 非爲別故라 實因은 近日颪聞이 瑞士에 一般會黨이 有ᄒ야 恢復舊

國을 圖謀ᄒ니 一唱百和ᄒ야 勢力이 頗有ᄒ다ᄒᆞ는지라 其名은 愛國黨이라ᄒ야 萬若早速

히 他們을 把ᄒ야 斬草除根치아니ᄒ면 他日에 無窮홀禍가必生홀지라 故로 一網에 該

黨을 打盡ᄒ고져ᄒ나 方法이 苦無홀지라所以로 思前想後ᄒ야 數日間

精神을 竭了ᄒ다가乃此懸帽之法을 思得ᄒ니 大抵倪士勒의 用意所

在는 必有志之士면帽前에 下禮를 不屑홀줄을 明知홀지라乃一個長柱를 立ᄒ야途

中에 建竪ᄒ고 每日에 繩을 用ᄒ야 帽를 其上에 懸ᄒ고又柱下에 一石碑를 立ᄒ야告示

一張을 鐫鑿ᄒ니 遺澤紀念碑와 一般이라 併히 派兵戍守ᄒ야 不屑下禮者가 有ᄒ면必

是會黨이라ᄒ야 即行拿究홀시其告示에 云ᄒ되

此項禮帽　　懸道竿頭　　如見公侯　　鞠躬爲禮　　恭敬溫柔

不得褻瀆　　視若寇仇　　違守告示　　謹愼行游　　如有反抗　　心立陰謀

瑞士建國誌　　　　　　　　　　　　　　　　　　　二十七

壞此律例　把他拘留　問之死罪　決不放休　衆民人等　莫自招憂

當時倪士勒이柱竿을旣樹ᄒ야其上에懸冠ᄒ고石碑를建立ᄒ야其下에刻示ᄒ다

시日耳曼兵一隊을點ᄒ야其側의團守ᄒ니一王官府第樣子와恰似ᄒ지라所在行人

은男女老幼을無論ᄒ고皆一々히當示를照ᄒ야行禮ᄒ지五六日之久에一人도反抗

不從者가無ᄒ니倪士勒이大喜ᄒ야便道ᄒ되他瑞士賤種의奴隷性質로自己舊國을

恢復ᄒ깻다고思想홈이엇지瘋顚이아닌가我가如許히專制殘忍的手段을下ᄒ더一

人도敢히抵抗ᄒ는者가無ᄒ니他們이무삼愛國黨을結ᄒ며무삼恢復國을

形勢가有ᄒ리오我는料컨터其事를成키不能ᄒ리라ᄒ고自思目想ᄒ며

自言自若ᄒ고擧酒暢飮ᄒ야自己의好計謀的智懷를自肚ᄒ니千古奸雄이往々如是

라所以로曾操가對酒當歌에人生幾何的說話가有ᄒ니라且說維鍊惕露-父子가回

家ᄒ야心中이悶々不樂ᄒ야日夜에這點大恥를一雪코져ᄒ더니父子二人이爾言我語

로一二天을商酌ᄒ다가決定코生死를不顧ᄒ고市鎭에親往ᄒ야那堅竿懸帽地方에

在ᄒ야不屑爲禮ᄒ면彼의如何擧動을見ᄒ리라ᄒ고愈想愈定에卽速起程ᄒ야二人

이該市鎭에來到ᄒ야該處를見ᄒ즉木柱一枝가高長十丈이라上에禮帽一頂을懸ᄒ

니鮮麗가耀目ᄒ고下에一塊白石이有ᄒ니告示一張을刻得ᄒ지라父子二人이進前

觀了ᄒᆞ고挺然直行ᄒᆞ야絶不爲禮ᄒᆞ니看守兵丁이他們의膽敢違犯ᄒᆞᆷ을見ᄒᆞ고何故
로爲禮치아니ᄒᆞᆷ을詰問ᄒᆞ거ᄂᆞᆯ父子가同聲答道ᄒᆞ되我們은異種賊臣의게禮下ᄅᆞᆯ不
爲ᄒᆞᆫ다ᄒᆞ고不慌不忙히輕輕弄手ᄒᆞ야柱ᄅᆞᆯ將ᄒᆞ야一敲ᄒᆞ니霹靂一聲에柱가折ᄒᆞ야
兩斷이되고那頂禮帽ᄂᆞᆫ地下에卽墜ᄒᆞᄂᆞᆫ지라兵士가吃了一驚ᄒᆞ고鳴金告警ᄒᆞ야快
히那叛逆人을捉ᄒᆞ쟈ᄒᆞ거ᄂᆞᆯ父子二人이毫不畏怖ᄒᆞ며又不逃遁ᄒᆞ고屹然立住에伸
拳張脚ᄒᆞ야對打起來코져ᄒᆞᆯ식這兵士ᄂᆞᆫ盡是最不中用的人이라一打에仆倒在地ᄒᆞ
ᄂᆞᆫ者도有ᄒᆞ고一見에退不敢前者도有ᄒᆞ니一時喧傳에四方이來觀ᄒᆞ야充塞周道ᄒᆞᆫ
지라兵士가勢頭不好ᄒᆞᆷ을見ᄒᆞ고忙忙히跑回ᄒᆞ야倪士勒의게報告ᄒᆞ니時에倪士勒
이引壺觴以自酌ᄒᆞ고出大言以自慰라가那驚耗ᄅᆞᆯ忽聞ᄒᆞ고卽速히親兵을整齊ᄒᆞ야
親自統帶ᄒᆞ야急于星火라這市鎭ᄅᆞᆯ把ᄒᆞ야圍了ᄒᆞ니那時의風聲鶴唳로人心惶惶ᄒᆞ
야箇箇怨恨ᄒᆞ되維霖惕露ㅣ父子가滋事ᄒᆞ야膽敢히違例毆兵ᄒᆞ야殺身之禍ᄅᆞᆯ自取
ᄒᆞᆫ다ᄒᆞ더라當下에維霖惕露ㅣ父子二人이面上에一點憂形이絶無ᄒᆞ고反히可惜未
有敵手的様子인듯ᄒᆞ더라霎時에倪士勒의親兵이齊到ᄒᆞ니馬壯人强이라可憐ᄒᆞ라維
霖惕露ㅣ父子二人이手上에堅利ᄒᆞᆫ器械가沒有ᄒᆞ고다만奪來ᄒᆞᆫ木棍二枝가有ᄒᆞᆫ지
라엇지後來親兵과比較ᄒᆞ리오無可奈何로眼히睜睜히捉去ᄅᆞᆯ被ᄒᆞ니父子二人이不

憂不懼ᄒᆞ고反히大聲笑道ᄒᆞᄂᆞᆫ것은大英雄의手段이라此日道路上人이都是一般說

話ᄅᆞᆯ聞ᄒᆞᄆᆡ夢中驚惶ᄒᆞ야莫不嘖頭歎道ᄒᆞ되這是當今에臨死不懼의好漢이라

天下間에這樣人을엇지易得ᄒᆞ리오街談巷議가皆ᄒᆞ되可惜라維霖惕露ㅣ父子라云ᄒᆞ과

더라且說倪士勒이維霖惕露ᄅᆞᆯ擒得ᄒᆞᄆᆡ心便大喜ᄒᆞ야背後刺와眼中釘을拔去ᄒᆞᆫ과

如ᄒᆞ지라卽時開堂審訊ᄒᆞ야拍案罵道曰爾瑞士賤種이有例不遵ᄒᆞ야官長을藐視ᄒᆞ

고官兵을毆打ᄒᆞ야大膽ᄅᆞᆯ好生ᄒᆞ니爾罪ᄅᆞᆯ爾知ᄒᆞᄂᆞ냐維霖惕露ㅣ父子가此言을一

聞ᄒᆞᄆᆡ激得跳高幾尺이라威風이凛凛ᄒᆞ고殺氣騰騰ᄒᆞ야厲聲答道ᄒᆞ되强盜日耳曼

我의土地ᄅᆞᆯ奪ᄒᆞ며我의人民이이믜歷年所라今에得寸入尺으로座前無古

人ᄒᆞ고後來者ᄒᆞ毒手ᄅᆞᆯ下ᄒᆞ야殘忍苛虐이天良을喪盡ᄒᆞᆯ지라我們이今日에特來

送死ᄒᆞᄂᆞᆫ것은路千同胞ᄅᆞᆯ爲ᄒᆞ야憤氣ᄅᆞᆯ洩ᄒᆞ며仇恥ᄅᆞᆯ雪코져ᄒᆞᆷ이不過ᄒᆞ지라斬我

卽斬ᄒᆞ이오殺我即殺이니何必多言多語ᄒᆞ야好漢을褻瀆ᄒᆞᄂᆞ냐倪士勒이他의言詞膽

定ᄒᆞ야一點驚惶ᄒᆞᆯ形狀이沒有ᄒᆞᆷ을見ᄒᆞ고心中更怒ᄒᆞ야快히他ᄅᆞᆯ把ᄒᆞ야置諸死

地코져ᄒᆞ니維霖惕露ㅣ父가再히一聲을不作ᄒᆞ고다만昻然히授首ᄒᆞ時期를俟ᄒᆞ

뿐이니正是男兒第一快心事ᄂᆞᆫ臨死從容罵賊時라

欲知後事ᄒᆞᆫ된請閱下回ᄒᆞ라

第七回　命射果假手殺英雄　求棹舟天心救好漢

詞曰

　　這堪愛　破家救國英雄輩　百端挫折　偏遭囚書

　　冥冥自有安排在　桃偶竟使李來代　李來代乘機脫雜

　　逍遙事外

　　　右調는玉交枝라

却說倪士勒이開堂審訊홀時를當호야當호야耳曼太子亞露斯가堂內에在호다가怒聲으로維霖惕露를向호야問道호되爾가我의這幅羅網을張了홈것을明知호고翻翻自投호야以身試法호니眞是爾가死호야도不錯이니立刻問殺호고不容多言호라호거늘

維霖惕露ㅣ父子二人이談笑自若호야日若호야畏死的氣像이絕無호고다만延頸以待호니倪

士勒이左右를向호야問道호되這叛逆이鳥黎의維霖惕露가아닌가衆皆答호니倪

士勒이大喜호야日有了有了라我가今에一個法을得호얏다호고維霖惕露를向호야問道호되爾가有幾個子오倪

露을向호야問道호되爾가今에一個法이已至호니其것을知호는가但我가爾意호즉爾가維霖

露을弓箭을曉解라호니我가今에一線生機로爾를把호야走케호면爾意가如何오

日에弓箭을問道호되有何生路오倪士勒이曰我가爾의子를將호야那菩提樹上에

在호고果一個을放호야他의頭上에置호고爾는數十里之遠에隔在호야箭을把호야

那個苹果를射케ᄒᆞ지니若能射中ᄒᆞ면將功贖罪ᄒᆞ야放爾還家ᄒᆞᆯ것이오若不射中이

면爾의子ᄂᆞᆫ반다시爾의게死ᄅᆞᆯ被ᄒᆞ야父子가兩日에要落黃泉이니爾가萬若利害手

段이有ᄒᆞ면엇지不敢答應的道理가有ᄒᆞᆯᄒᆞ뇨在此一擧ᄒᆞ니爾ᄂᆞᆫ試ᄒᆞ야自

想으로一想ᄒᆞ라ᄒᆞ거ᄂᆞᆯ維霖愓露가這故說話ᄅᆞᆯ聽了ᄒᆞ고點頭自思ᄒᆞ되我가雖是妙

手射箭이나但今日射法은非同小可라那苹果不果가死ᄒᆞ면我兒가死ᄒᆞᆯ터이니萬若錯手가稍有

ᄒᆞ면便是我가自己兒ᄅᆞᆯ自殺홈이오兒가死ᄒᆞ면我도死ᄒᆞᆯ터이니如何是好오左思右

想ᄒᆞ야暗前顧後라가忽得一計ᄒᆞ야一枝箭子ᄅᆞᆯ加襯ᄒᆞ야持得ᄒᆞ얏다가若一射에平

果를中ᄒᆞ면곳生機가有ᄒᆞ니不必多講이오如若不中ᄒᆞ야錯中吾兒ᄒᆞ면我가死ᄒᆞᆯ것이오他

箭ᄒᆞ야倪士勒을向ᄒᆞ야他의狗命을取ᄒᆞᆯ지라他ᄅᆞᆯ射死ᄒᆞ야도我가死ᄒᆞᆯ것이오他

를射死치아니ᄒᆞ야도我가死ᄒᆞᆯ터이니與其不殺賊而死ᄒᆞᆯ니不如殺賊而死ᄒᆞ고思想

이旣定에倪士勒을向ᄒᆞ야日這射果的事ᄂᆞᆫ我敢從命이어니와爾가一枝箭子ᄅᆞᆯ加予

ᄒᆞ야我의弓段을看ᄒᆞ라倪士勒이卽命左右ᄒᆞ야弓箭을取出ᄒᆞ고維霖愓露의加鎖를

放了ᄒᆞ라ᄒᆞ니他의父子ᄅᆞᆯ法場外에解出ᄒᆞ야維霖愓露ᄅᆞᆯ命ᄒᆞ야張弓放矢ᄒᆞ니一時喧

ᄒᆞ고一苹果ᄅᆞᆯ放ᄒᆞ야他의頭上에置ᄒᆞ고維霖愓露ᄅᆞᆯ命ᄒᆞ야菩提樹下에縛在

傳ᄒᆞ야觀者如塔라愚夫愚婦가拖男帶女ᄒᆞ야他父子二人의如何形狀과如何射法을

觀호니 設使程期道가 當場호고 董子가 在世라도 또호 眼界를 乍開홀지라 此時에 天地
가 爲之慘淡호고 草木이 爲之吜咤호고 百姓이 爲之下淚호ᄂᆞ니 惟獨維霖傷露ᅵ 父子
ᄂᆞᆫ 卽然自得호야 徵々晒笑호야 曰爾們은 何用傷心고 那般眼淚로 可히 我의 性命을 贖
得호며 我의 自由를 贖得홀가 天火天ᄂᆞᆫ 視死如歸호ᄂᆞ니 我們이 怕死호면엇지此事를
做호얏스리오 但願諸君은 今後에 勞奮救國호며 協力同仇호야 彼殘忍호兵丁를盡行
逐出호라 호디 監牢兵丁이 罵曰爾們의 曖々唧々이 무삼說話를 호뇨 가再히 一步를
遲호면 곳爾們의 脚骨을 打折호리라 호ᄂᆞᆫ지라 就中의 或遲行者와 不忍離開者ᄂᆞᆫ 兵丁
의 刀호背後尖을 被호야 打得似風捲落葉 一般이라 此時에 開射的時候가 已及호매 倪士
鞠이 臺上에 在호야 號令 一聲에 即히 華祿他를 將호야 地獄에 落호야 按定호니 一個心狠兵士가 有호
야 細聲說道호되 一分鐘時間이되 爾ᄂᆞᆫ 면留ᄂᆞᆫ 地獄에 落호야 即히 平果를 將호야 頭上에 放
가 如此殘忍호야 父射子호니 我見에 도 猶憐이라 호고 即히 平果를 將호야 頭上에 放
在호고 去호거를 華祿他가 怒得無名火가 噴起호야 將來에 三千層地獄에 入호야 死라若不然이
大叫曰我ᄂᆞᆫ 雖死나 必上天堂이오 爾等禽獸ᄂᆞᆫ 將來에 三千層地獄에 入호야 死라若不然이
在場혼니 耳曼人들이 皆驚奇乍舌호야 相語호되 此少年이 被凶將死라 當時라
면我等日耳曼人이 他의 如何蹂躪을 被호리로다 遂히 再次別個平果를 將호야 頭上에

二十三

41

放在호는지라維霖惕露가張弓抽矢호야準頭를描定호고霹靂一聲에華祿他의頂上

을向호야射去호니맛참一物이有호야墜地호눈지라眼慢心懸호瑞士人이有호야此大

哭호되我等의志士가死了호니今後에눈無人繼志호야哭定時에人々이喝采鼓掌호야聲如雷動호고

殘生호야何用고호고痛哭欲死호더니

那後生은遍自屹然獨坐호야不動聲色호눈지라衆人이于是에維霖惕露의如此호絕

頂手段이有호것을始知호지라四圍諸人이皆稱호되生天에셔出호機會가有호다호

나大丈夫눈寧爲玉碎언정不願瓦全호눈心志를懷抱호야엇지區々히一生死를計較

호리오當下에觀者가漸散호눈지라倪士勒이撚鬚橫眼호야作禍作威의態度를弄成

호면서維霖惕露를向호야曰我가爾를見호매不過是一介耕農이라一朝에把爾來殺

이似乎無辜라所以로這個難題를借호야爾의父子自殺를待호얏더니엇지爾에流電

眼界와穿雲을交結홀지로다我日耳曼이豈能長此强覇이리오고

求精호야多少好漢을交結홀지로다我日耳曼이豈能長此强覇이리오고汗流淶々

호야驚魂이未定호樣子와恰似可憐可笑호지라于是에不慌不忙히大聲說道호되大

呆如木鷄호것을見호니도로혀可憐可笑

丈夫가不能留芳百世면也要遺臭萬年이라爾가一個奸雄인줄로想知호얏더니膽色

이沒호고手段이沒호도다爾가今日에這般小々事情으로魂驚魄動호니무슴曹
操가되며무솜王恭이되리오我가爾의射果호는것을答應홀졔先히爾를叫호야箭
子二枝를給호라호것이엇지緣故가無호리오不幸則父子가同歸于盡홀지니爾의毒心을
호니幸則中果호야吾子를不傷홀것이오先發一枝에中果則罷홀것이오若不中果호
我豈不知아所以로我가一箭를加請호야야再發호야爾의狗命을取호엿슬지니今日이곳爾의險處
야吾子를傷호면我가再發호야即히下令호고我日耳曼의堂々호大國을蔑視호되萬若爾們心懷不
나라倪士勒이這般說話를聞호매更着一驚호고拍案罵道호되爾瑞士賤種이心懷不
軌호고舊國을恢復고져호고我日耳曼이退步에就호리라호고說話
야斬草除根치아니호면將來에滋蔓難圖호야我日耳曼이退步에就호리라호고說話
之間에怒從中來호야即時絞死호야他們의黨羽가跑來
一旦에四壁이齊來호야父子二人을綑縛起來호야監獄에拘入호리라호눈디當塲
士勒이點頭自思호되我가今에他의父子를把호야면他們의黨羽가跑來
却奪홀가恐怕호고萬若他를速히害치아니호면他가生홀가恐호지라左思
右想에忽生一計호니維索慘露의父子를把호야克拿慮多地方으로解往호後에静
々히他를把호야害死홀지라若日間解去호면張揚이太過홀가恐호니今夕에月暗更

瑞士建國誌

三十五

43

深ᄒᆞ고夜闌ᄒᆞᆫ人靜ᄒᆞᆫ時候를乘ᄒᆞ야一巨艇을齊ᄒᆞ야水路로起程ᄒᆞᆫ것이豈不是妙計

리오ᄒᆞ고計畫已定에便即退堂ᄒᆞ야如何히解犯的法을將ᄒᆞ야ᄒᆞᆫ兵丁의게遍告ᄒᆞ고退

回內廂ᄒᆞ야坐以待夜ᄒᆞ니光陰이流水와如ᄒᆞ야不知不覺에烏倦飛還ᄒᆞ고太陽이西

下라倪이器具를取拾ᄒᆞ고兵丁을點齊ᄒᆞ야一巨艇을雇ᄒᆞ니兵丁이獄中으로維

霖愓露父子二人을提出ᄒᆞ야衛推我搆에牽他下舟ᄒᆞ고倪士勒이再到ᄒᆞᆫ即時에解

纜起程ᄒᆞ니咄嗟之聲이與水聲交雜이러라料外에天時氣朗타가忽然히雲暗雷鳴ᄒᆞ

야光閃々ᄒᆞ야電若蛟騰ᄒᆞ고白嘯々ᄒᆞ야波如虎嘯ᄒᆞ니那艇이水底에在ᄒᆞ行動과一

般이오艙裏에許多海水가衝人ᄒᆞ니伊時倪士勒이呆坐舟中ᄒᆞ야嚇得身寒膽戰ᄒᆞ니

靈魂兒가從空飛去ᄒᆞᆫ樣子와恰似ᄒᆞ지라忽々忙히兵丁을向道ᄒᆞ야誰가能히

我를救ᄒᆞ면맛당이重賞이有ᄒᆞ리라ᄒᆞ니數十兵丁이方在白眼望天ᄒᆞ야束手待死라

엇지敢히人을救ᄒᆞ깃다云ᄒᆞ리오忽然一人이有ᄒᆞ야答ᄒᆞ되大人은不必掛心이로다

今夜解來ᄒᆞᆯ罪人이自幼로射箭에善ᄒᆞ며掉船ᄒᆞ야妙ᄒᆞᆫ大名이有ᄒᆞ니放他出來ᄒᆞ야他

一聲의可否答應을問ᄒᆞ야萬一他가點頭應允ᄒᆞ면我們이可히써險을脫홀지니다倪

士勒이문득人을命ᄒᆞ야帶他上來ᄒᆞ라ᄒᆞ면서面前에企立ᄒᆞ야可憐畏敬的樣子가有

ᄒᆞ둣ᄒᆞ나斯時에ᄂᆞᆫ오작維霖愓露의不肯ᄒᆞᆯ가恐ᄒᆞ니俗言에謂ᄒᆞᆫ바禮下於人이면必

有所求라홈이로다 倪士勒이開言흠되 爾가萬若我의掉舟를代흠야彼岸에登흠여金

船人의生命을救흠야면爾의父子도또흔葬於魚腹에不至흘것이오我가又爾의父子를

救흠야再不囚監흠리라흠거늘維霖惕露가正欲應允흠드디華祿他가大매說道흠되

爺々는可히彼의說荒殘惡흠獨夫의言을信치못지라他가果是千金一諾之人이면

法場에在흠야平果를射흘時의我等이이의生天에出了흠얏슬지니何待今日이리오

흠야滿目電光이크게倪士勒의肉을欲食흠勢가有흠니엇지維霖惕露가胸有成竹

흠야滿口應允인줄을知得흠리오轉頭에其子를對흠야道흠되爾는또흔怒號大매

처勿흠라我가自有主意로라華祿他ㅣ日爺々는彼大話種의所騙을莫被흐소셔我們

瑞士에我二人이溺死흠는것는也是閑事오無關緊要흠니엇지仁者의殺身成仁이아

니리오但彼狗官은其子가血氣方剛흠야生死를不顧흠며惟是年少흠야乘機殺賊

흘지니다維霖惕露는其子가大有生機之日에就死흠나自有復仇之時를可望

흘智毅에未明흠것을深知흠고答曰吾兒가有所不知라爾父가엇지瑞士國民이아니

며또엇지國民의重任을不知흐리오我가自有方法이로라흠야說話未

完에倪士勒이愁眉를大展흠고笑口를輕開흐니兵丁을命흠야他父子의說話未

를把흠야一齊開了흠니那時에維霖惕露ㅣ父子二人이蛟龍이得雷雨에騰起翱翔흠

瑞士建國誌

三十七

고大鵬이上雲霄에扶搖直達과怡似ᄒᆞᆫ지라即히舟面에走進ᄒᆞ야棹子를輕擧ᄒᆞ야順

手直搖ᄒᆞᆫ딕風雨如故ᄒᆞ야恶尺不見이라維慕惕露ㅣ便生一計ᄒᆞ야舟를將ᄒᆞ야亞

爾他地方으로掉往ᄒᆞ야舟將泊岸에即히華祿他를把ᄒᆞ야渡上ᄒᆞ고密囑ᄒᆞ야躱身在

林中ᄒᆞ然後에再掉幾步ᄒᆞ야自已도跑ᄒᆞ야上岸ᄒᆞ야湖上洞穴에投ᄒᆞ야隱身ᄒᆞ고那

船의載沉載浮를不管ᄒᆞ니伊時에風雨漸止ᄒᆞ야天色이微明이라倪士勒이舟面에登

ᄒᆞ야一看ᄒᆞ니維慕惕露ㅣ父子는逃走去了ᄒᆞ얏고坐地地方을見ᄒᆞ니克拿虜多가아니

라心次가大發ᄒᆞ니兵丁이從命ᄒᆞ야掉舟登岸ᄒᆞ야維慕惕露ㅣ父子의行踪을追尋

ᄒᆞ라ᄒᆞ니兵丁이從命ᄒᆞ야欸乃一聲에舟已泊岸ᄒᆞ야倪士勒이即時에單身으로疾走

跑跳ᄒᆞ야亞爾他로向去ᄒᆞ니正是彼蒼不困英雄漢ᄒᆞ야九死殘生大有爲로다

欲知後事如何ᄒᆞᆫ되日看下回分解ᄒᆞ라

　第八回

　詞曰

脫危險乘勢誅賊臣　　趁時機率義恢舊國

畏死原非豪傑　　　乘機可殺狠官　　半塗一躍越江干

任彼舟沉棹斷　　　賊以殺人爲計　　我非殺賊難安

試看一剪滅狸狂　　統緒從玆再續

　　　　右關은白嶺香이라

却說倪士勒이狠心憤々호고怒氣冲々호야脚力를不惜호니眼花耳熱호고揮汗如雨

호는디況後路途가泥濘難走라且平日足跡이未曾到過홈으로西東을未知호고曲

徑을穿호며深林에入호야僕々征途에時候를不知호니此中苦楚는殊屬可憐이라奔

走之間에林鳥가爭樓호고炊煙이四起라橫子는負薪而返호고牧童은騎犢而歸호니

這般晩景은千古英雄이對之라도許多호日暮途窮的感慨가生了호더인及況倪士勒

隱身洞穴호야不敢跑出이라가不知不覺게日又黃昏이라忽然히腹內雷鳴호야飢餓

온一個奸雄으로所謀를不遂호니觸景一想이能無心灰意冷이리오却說維霖傷露가

起米호니憶及兒子의起義日期라호고人聲이漸有所聞이라心中에明白起來호야屈指一計호니乃

見호니火光이閃々호고兒子가聚匿林中에同是飢餓홀지라即夜乘夜호야對面地方을

是愛國黨의起義의人馬가追到호얏인가恐호야再히一林으로深入호얏더니當下에維霖

야兒子를搜尋호니其子도正在飢餓間에忽然히人近的聲이有홈을聞호고心驚起來

傷露가林內에到了호야兒子를不見호매心又疑懼호야一暗號로口角一聲을發호니

其子가於是에父親이來探홈이오不是兵士인줄을明白知道호고忙急히跑出호야父

子二人이握手相會호니悲喜交集이라維霖傷露가間道호되爾肚中에飢餓가必甚홀

지라爾父도同病相憐이나此地는茂林脩竹과山木沙石뿐이니엇지可食之物이有호

리오華祿他가父親의如此說宮을聞호고安慰答道호되兒는聞호니英雄豪傑은百

折千磨와九死一生을平常호事로看作호느온지라區區호兩日飢餓을엇足히怕了

리오維霖惕露가點頭佩服호고便又開言호되吾兒가今晩이是何日인줄을記得호는

가今晩은是我們瑞士의愛國黨이擧事호느니期라我가洞穴에在호야對面地方을見

호니灼灼有光호것이定是擧火爲號라我們父子二人이躱住此地가也是無用이니卽

이豈不是好리오華祿他가點頭答道호되爺々欲往호시면小兒도生死相隨호깃지니

다維霖惕露가卽時起程호니走夜에天朗氣淸호야滿空星斗라父子二人이載欣載奔

호고亦趨亦步호다那時에薰風南來호고月光이如燭호며水聲이遠近호고山影이高

低호니父子二人의衿期滌蕩은快不可言이라携手同行호야對面地方에到了호니此

時에亞魯拿가正히他父子의被困을思憶호고設法搭救코져호더니忽然히維霖惕露

一父子가管前에來至호宮을見호니擧目一觀호야不知是人是鬼라將將疑將信호야未敢發

言더니忽然히他父子가同聲으로進前握手호니비로소他의未死호줄을知了호고悲

喜交集호야鞠躬爲禮호고內管에延入호야往事을大談호고被困情形과逃脫能得호

方法을詰問호니維霖愓露ㅣ父子二人이手로額上에汗을抹了호然後에情由를將호

야一々告知호니亞魯拿가聽罷에汗流浹背호고鼓掌贊美호야曰足下의救國救民을

논貞誠이可히天地를對호는故로身入虎口에倘能倘生호얏스니彼蒼者天이定코我

們를助호야써大事를成호리로다于是에薰人을命호야開筵痛飮에飛觴醉月호니皆

以國事로自任이러라人々이維霖愓露父子의逃難回來홈을見호고心便愛敬호야各

히敬酒一杯를進호니維霖愓露가酒酣耳熱이라衆人이又公擧호야演說을請호서鼓

掌之聲이松濤夜翻과如호지라維愓霖露가義不容辭일서舉步登壇호

야向衆爲禮호然後에懸河之口를啓호야流水之音을發호니所講說話는皆是人心을

激發호고前히如何殺賊홀方法을將호야一々暢說호니其說에曰

僕이蒿目時艱호고關心舊國호야萬死를冒호야써奴隸之籍에脫호기를求홈이

故로去年某月에倪士勒의旗를下호고

彼가射果之名을借호야僕의父子를自殺케호고져홈거를幸히彼蒼의垂憫을得호

야一射中鴻호야父子ㅣ同歸于盡에不至호지라狠心이叵測호야見謀不遂호고다

시父子를克拿處多地方으로解往호야星夜起程호야抵岸即殺코져호더니맛참狂

颶夜雨의危險이異常호지라所以로迫得求我掉舟호야致有乘機脫險일서披星帶

月ㅎ야乃至于斯ㅎ니諸君子의肝膽相投로力推演說ㅎ는故로鄙陋을不搗ㅎ고往

事을擧ㅎ야直言ㅎ거이와然ㅎ나僕이猶有諱者ㅎ니何則僕이脫險潛逃홀際에

坐ㅎ야倪賊의覺察을經ㅎ지라昨日에隱身洞穴ㅎ야頻히追逐之聲을聞ㅎ얏스니定

是倪賊이追吾父子라今夕에諸君子로더부러會面ㅎ것도亦是虎口餘生이라諸君

子는同心協力ㅎ야舊邪을恢復ㅎ실恢復之謀는必先殺賊이라僕이自懷弓矢ㅎ고

奔回洞穴之中ㅎ야彼의道路奔馳을待ㅎ다가僕이곳拨弓力射ㅎ지니倪賊이旣死

ㅎ면大事易成이라諸君子는以爲如何오復望高明은匡予不逮ㅎ면同胞幸甚이오

瑞士幸甚이로다

演說을旣畢에擧座가皆拍案贊妙ㅎ는지라于是에洗杯更酌ㅎ야談飮ㅅ間에不覺鷄

聲이報曉에紅日高升ㅎ니飀々曉風과盈々春色이一幅維新美景을呈ㅎ는지라維霖

愓露가一弓箭을取ㅎ며戰衣를束裝ㅎ고向衆說道ㅎ되我今洞穴에再往ㅎ야倪賊을

直射ㅎ리니衆兄弟는闊긴디在此ㅎ야勸靜ㅎ라ㅎ고言罷에轟々英々히昻頭

天外ㅎ야對面地洞穴로向去ㅎ다卻說倪士勒이乘舟登岸으로부터跑了一天에維

霖愓露를父子의踪跡을ㅣ見ㅎ지라一夜ㅎ고次日에再行推覓ㅎ

시東遂西奔ㅎ야勞苦를不辭ㅎ더니那時에維霖愓露가이의洞穴에到了ㅎ야隱身不

出ᄒᆞᆫ딕 倪士勒이 奔走而來ᄒᆞ거늘 一矢를 發ᄒᆞ야 他의 頭를 射中ᄒᆞ니 倪士勒이 頭痛

眼花ᄒᆞ야 昏仆于地ᄒᆞ거늘 維霖惕露가 再發一箭ᄒᆞ야 他의 腸腑를 中ᄒᆞ니 嗚呼一聲에

倪賊이 死了라 維霖惕露가 喜不可言일ᄉᆡ 洞穴中古石을 向ᄒᆞ야 苔를 掃ᄒᆞ고 詩一首를

題ᄒᆞ야셔 在此避難ᄒᆞ며 在此殺賊ᄒᆞᆫ罪를 記念ᄒᆞ니

詩曰　　頭今未斷安知價　　國就淪亡尙計身　　莽莽乾坤留洞穴

救予殺賊拯斯民

側에 寫曰　　虎口餘生瑞士鳥黎維霖惕露題

維霖惕露가 這首詩를 題了ᄒᆞ매 弓矢를 帶回ᄒᆞ고 歌詠而露ᄒᆞ야 直히 對面地方에 邊到

ᄒᆞ야 愛國黨씨 再會ᄒᆞ지라 那時黨人이 正花企翼間에 他의 回來ᄒᆞᆷ을 忽然히 滿面喜

容이 定코 倪賊射死ᄒᆞᆷ을 知道ᄒᆞ고 一齊히 鼓掌稱賀ᄒᆞᄂᆞ지라 當時에 亞然拿가 鼓樂를

一聞ᄒᆞ고 房內에셔 跑出ᄒᆞ야 維霖惕露로더부러 握手ᄒᆞ니 喜如雀躍ᄒᆞ야 我們瑞士에

生機가 有ᄒᆞ다 說道ᄒᆞ니 左右衆人이 拍掌這ᄒᆞ야 歡笑之聲이 高山流水와 恰似ᄒᆞ지

라 大都談笑間에 忽然히 一少年이 有ᄒᆞ야 擧手大聲ᄒᆞ야 口諸君은 問컨딕過于歡笑치

勿ᄒᆞ소셔 小弟가 一句說話를 上告ᄒᆞᆯ것이 有ᄒᆞ나 衆人이 懽聲을 便停ᄒᆞ고 端莊蕭坐

ᄒᆞ야 他의 講話를 聽호실ᄉᆡ 此少年은 是誰오 卽是維霖惕露의 兒子ㅣ 華祿他라 說道ᄒᆞ되

四十三

家父가今日에倪士靭을殺了ᄒ얏스니佃們의兵丁이定ᄒᆞ얏을지라亞當霸面
前에走回ᄒ야ᄒᆞᆯ을起齊到來ᄒ야我們을拏了코져ᄒ지니我們이萬若預早起義ᄒ
야出其不意ᄒ고攻其無備치아니ᄒ면他의兵力을抵當기難홀가恐ᄒ노니衆兄弟ᄂᆞᆫ
以爲如何오說話既畢에衆人이皆實說得合理라亞魯拏가登壇發言ᄒ되華祿他君의
所講說話가衆然是道理에合當ᄒᆞᆫ지라我們의맛당이精神을振奮ᄒ야同仇敵愾ᄒ고
不可臨陣退縮ᄒ야盟誓코我們의舊日國勢ᄅᆞᆯ恢復ᄒ리라ᄒ고于是에日期ᄅᆞᆯ擇定ᄒ
며糧草와軍器ᄅᆞᆯ預備ᄒᆞ며執事人員을分派ᄒ고佇山中ᄒ야試鍊一次ᄒ니維霖惕
露가衆人이皆往ᄒ向前홀을見ᄒ고心中大喜ᄒ야衆人을向ᄒ야告道ᄒ되他日起義
에諸君은須要記緊ᄒ되今日操演과一般ᄒ라ᄒ니衆人이齊聲答道ᄒ되敢不惟命是
聽이리오ᄒ고衆人이維霖惕露를公擧ᄒ야入元帥로六將軍을삼고亞魯拏華
祿他로先鋒을삼아專責을委任ᄒ니那時에人々이皆熱心如火ᄒ야진실로舊國을恢
復지못ᄒ면此치아니ᄒᆞᆯ氣慨가有ᄒ니正是邪家恢復이何難有리오衆志成城事可爲
로다

後事ᄒᆞ畢竟甚麼오下回가自有分解라

第九回　成大事共和立國政　莫中興上下得平權

詞曰　讒黨揭竿同舉事　國仇不復終難止　青天霹靂一聲雷

故士得爭回　合羣憤與强隣圖　一鼓而擒皆授首

聖成全國盡忻歡　將樂且將安

右調ᄂᆞᆫ慶功成이라

却說倪士勒이維霖愓露ㅣ父子両人이俱皆逃去ᄒᆞᆷ을見ᄒᆞ고舍舟登岸ᄒᆞ야踪跡을追

尋ᄒᆞ다가後에維霖愓露의게射死ᄒᆞ니那兵士가倪士勒이被箭射死ᄒᆞ야屍軆가暴露ᄒᆞ지

疑惧起來ᄒᆞ야遂히山間으로跑往ᄒᆞ니果然倪士勒이被箭射死ᄒᆞ야屍體가暴露ᄒᆞᆫ지

라必是維霖愓露의手에死ᄒᆞᆫ줄을知道ᄒᆞ고屍를將ᄒᆞ야署內에舁返ᄒᆞ야一面으로維

霖愓露의踪跡을打聽ᄒᆞ며一面으로亞露霸의게告訴ᄒᆞ니當下에亞露霸가那兵丁이

屍骸一具를擡得ᄒᆞ야衙署로直進ᄒᆞᆷ을見ᄒᆞ고初料에是必維霖愓露殺害를被ᄒᆞᆫ結

果로野에屍曳回라ᄒᆞ야滿腔快悅터니料外에兵士가齊聲報道ᄒᆞ되倪大人이逆徒維霖

愓露의게射死를被ᄒᆞᆫ다ᄒᆞ고情由를將ᄒᆞ야一々히稟知ᄒᆞᄂᆞᆫ지라亞露霸가聞罷

에淚雨淋漓를不禁ᄒᆞ고大哭起來ᄒᆞ더니兵士가跑回ᄒᆞ야報道ᄒᆞ되愛國黨

이將近에揭竿起ᄒᆞᆯ라ᄒᆞ니此時에亞露霸가驚且怒ᄒᆞ야即히傳令ᄒᆞ야日耳曼兵數

千名을調發ᄒᆞ야前往與戰ᄒᆞᆯ서薝히舟船에還兵ᄒᆞ야水陸夾攻을計ᄒᆞ더라且說愛國

瑞士建國誌　四十五

黨이洶洶湧湧ㅎ야新來入會者가日見增多라維霖霖露가入多ㅎ니雜ㅎ면不能歸一일

가恐ㅎ야歌一首를作ㅎ야衆志를砥礪ㅎ니名曰同盟恢復歌라其歌에曰

亡國際　如何計　矢自由　爲奴隸　回首故邦　潜然隕涕　豈天不仁　奪吾舊

勢抑人懦弱　不知憤勵　堂々瑞士國　長此狠呑噬　強隣豈足畏　況彼日耳曼　橫行

制哀此我同胞　云胡不自愧　徼憤大有爲　我今擧義旗　斷非無所謂　一以救同胞

如鬼蜮　皇天與后土　豈容他在世

一以順天帝　恢復邪家　擧國同關係　憤乃同仇愾　和衷以共濟　見義富有　國民

爲無使深根蔕　擇定明年春正月　共守山盟與海誓　偷敎一擧事不成　丈夫臨事

流血永相繼　仁者殺身以成仁　千古英雄堪比例　萬千憤勵我同胞

無濡滯　頭體擲還自由權　安能束壬以待斃　他日政體立共和　應將勃勃民權

貴愛國心　同磨礪　千不可半塗廢

此歌를作畢에一唱百和ㅎ야人人이摩拳擦掌ㅎ고個個히舞釼輪槍ㅎ니敵人이見了

ㅎ면定必心破膽落ㅎ지라却說曰耳曼兵弁이諸事를停妥ㅎ고即時起程ㅎ야水陸並

進ㅎ니此時는正是愛國黨의揭竿起事ㅎ는時候라沿途에瑞士人이老殘幼弱의不能

從軍者도同盟恢復歌를聽聞ㅎ고激奮起來ㅎ야身命을不惜ㅎ고軍人面前에在ㅎ야

54

餅食을進貢ᄒᆞᄂᆞᆫ者도有ᄒᆞ며茶酒ᄅᆞᆯ進貢ᄒᆞᄂᆞᆫ者도有ᄒᆞ

며什物을代挑ᄒᆞᄂᆞᆫ者도有ᄒᆞ야爭先恐後가到處皆然이라大軍이行了半日ᄒᆞ야니馬路

加汝地方에到ᄒᆞ야曰耳曼兵으로더부러相遇ᄒᆞ지라當下에各其營寨ᄅᆞᆯ紮ᄒᆞ고니維

霖傷露가四万蛇鬪陣을擺成ᄒᆞ고手에一柄大鉄斧ᄅᆞᆯ持ᄒᆞ며頭에銀盔ᄅᆞᆯ戴ᄒᆞ며身에

鐵甲을被ᄒᆞ고威風이勃勃ᄒᆞ야陣門에出ᄒᆞ야大呼曰耳曼의死期가將至라爾

이敢與上國相敵가爾等祖宗도尙且奴隸ᄅᆞᆯ屈做ᄒᆞ야我曰耳曼等斗膽이

ᄒᆞ니頭에金盔ᄅᆞᆯ頂ᄒᆞ며眞不知自量이로다遂히營前에出ᄒᆞ매亞露翻가大怒ᄒᆞ야大罵曰爾의

敢如此信口亂罵아眞不知自量이로다士가帳裏에通報ᄒᆞ매亞露翻가大怒ᄒᆞ야

主師ᄂᆞᆫ今에爾等蓋物이無拳無勇으로裁爲亂階ᄒᆞ니萬若早히下馬投降ᄒᆞ야乃祖의

야거든今에爾等을殺得ᄒᆞ야我民을殘害ᄒᆞ며我의祖宗을愚ᄒᆞ되軍民人士ᄅᆞᆯ無論ᄒᆞ고

志ᄅᆞᆯ遵치아니ᄒᆞ면爾을殺得ᄒᆞ고片甲無存ᄒᆞ리라維霖傷露가大怒ᄒᆞ

我等이今時애七百貔貅ᄅᆞᆯ揀練ᄒᆞ야爾等이니耳曼을殺盡ᄒᆞ되如流라那時에亞露翻가

曰耳曼의國大兵을宮를特ᄒᆞ고驕傲心이忽然生起ᄒᆞ야天時며利도不密ᄒᆞ고即히兵

丁을喝叱ᄒ야維霖惕露ᄅᆞᆯ向ᄒ야擧手ᄒ라ᄒ니維霖惕露가他의驕傲ᄒ며兵丁이㐫系

㐫無紀ᄒ야胡亂擧手ᄒᆞᆯᄉᆡ見ᄒ고心中暗喜ᄒ야不慌不忙히手輕眼快ᄒ야擧斧迎敵

ᄒ니彼此往來에相持不下ᄒ야交戰十數回合에勝負ᄅᆞᆯ不分ᄒ니落黃昏ᄶᆞᆷ不覺ᄒ

지라彼此收兵이라가翌日又戰ᄒᆯᄉᆡ日耳曼兵士ᄂᆞᆫ多是貪生畏死ᄒᆞᆫᄂᆞᆫ虎頭蛇尾的人

ᄋᆞ로愛國黨人의視死如歸ᄒ야勇往不撓喜ᄋᆞᆯ見ᄒ고心便驚駭ᄒ야霎時之間에日耳

曼兵이크게逃走ᄒᆞᆫᄂᆞᆫ形狀이라ᄒ지라亞露霸가勢頭不好ᄅᆞᆯ見ᄒ고霊魂兒가從空飛

去ᄒᆞᆫ지라維霖惕露가他의不是敵手인줄을知ᄒ고喝令黨人ᄋᆞ로拚死追上ᄒᆞᆯᄉᆡ時

에天烏雲暗ᄒ고月色이無光ᄒ니正是白刃交兮寶刀折이오兩軍接兮生死決ᄒᆞᆫ時

侯라日耳曼兵이雖有數千이나愛國黨數百人이或對壘交鋒ᄒ며或用石擲卜亞露霸를把

兵百數十人을傷死ᄒ니一時의風馳電掃ᄒ야日耳曼彊界에追至ᄒ야亞露

ᄒ야殺得棄甲曳兵ᄒᆞ고奔師逐北이라維霖惕露가直히日耳曼彊界에追至ᄒ야亞露霸를把

覇돌ᄆᆞᆯᄒ야ᆞᆯ約을立回ᄒᆞ되伊後ᄂᆞᆫ永不敢侵伐ᄒᆞ고永奏凱而旋ᄒᆞᆫ時에瑞士全國人民의男女老幼가盛

概交還ᄒ라ᄒ니亞露霸가一敗塗地에無可如何라다만惟命是聽ᄒ야立約停安ᄒᆞ거

ᄅᆞᆯ維霖惕露가得勝旗ᄅᆞᆯ高擧ᄒᆞ고

裝迎接ᄒ야塞滿道路ᄒ니人山人海가歐羅巴全洲ᄅᆞᆯ震動ᄒᆞᆫ지라維霖惕露가舊都

56

를修建ᄒᆞ고上中下大議院을開ᄒᆞ야共和政體를立ᄒᆞ니選擧ᄒᆞᆯ時를當ᄒᆞᆯ諸色人等

을無論ᄒᆞ고投簡擧人ᄒᆞᄂᆞᆫ權이皆有ᄒᆞ지라于時에全國人民이皆欣欣喜色으로額手

稱道ᄒᆞ되我們舊國을今日에恢復ᄒᆞ야獨立ᄒᆞ얏다ᄒᆞ며我國人民은自上至下에皆是

平等同權이라ᄒᆞ며我們이今日外人의奴隸ᄅᆞᆯ不做ᄒᆞ얏다ᄒᆞ니時ᄂᆞᆫ光天化日에士農

工商이安居樂業ᄒᆞ고國政이維新ᄒᆞ며民主共和ᄒᆞ야家喩戶曉ᄒᆞᆷ으로政治思想이愛

心志가無人不有ᄒᆞ니是時ᄂᆞᆫ西曆一千三百十五年이오支那元朝延佑四年이니正

國是一人奮力安全國ᄒᆞ고萬姓齊心復舊邦이로다

欲知結局收場인디請着下回記載ᄒᆞ라

第十回

詞曰　　祭偉人萬民歌大德　建遺像千古留名

　　慘澹經營　新國令　事未成時擧動皆坑穽　無恨勤心和

　忍性　　能創立文明政　一擧功成安百姓　建國興邦額手

　同稱慶　　死亦如生感愛敬　偉人萬古爲賢聖

　　　　右調ᄂᆞᆫ鳳樓梧라

却說維崶慘露가愛國黨을借ᄒᆞ야瑞士를恢復ᄒᆞ매經時濟世의政治家를選ᄒᆞ야公擧ᄒᆞ야最多人의

들整頓ᄒᆞᆯ서君主專制ᄅᆞᆯ不要ᄒᆞ고民間으로由ᄒᆞ야議院을開ᄒᆞ고公擧ᄒᆞ야最多人의

投簽選擧人으로써總統을推戴ᄒ야다當下에維綝惕露가壯志를已酬ᄒ야매心滿念足

ᄒ야決意코總統이되지아니ᄒ야비록國人이極히愛戴ᄒ야屢選屢擧ᄒ나亦不就職

ᄒ고梓里에歸來ᄒ야林泉에退隱으로浩然之氣를養ᄒ시오자作日로讀書耕田ᄒ고야妻

子로더부러優遊卒歲ᄒ니止是有名閒富貴養氣在林泉이로다歲月이催人ᄒ야老

期가將至라憶半生之奔走ᄒ니爲國勞心이오復今日之邦家ᄒ니與民種福일서國民

責任의萬一은盡了ᄒ얏다ᄒ깃스나英雄이未死에오히려雄視天下ᄒ는心懷와呑併

全球홀志氣가有ᄒ야積思成夢ᄒ고鼠憂가癢은人之常情이라卻說維綝惕露의滿腔

心事가無以解愁라散步荒郊ᄒ야看看風景ᄒ야放眼一觀ᄒ서大西洋을仰觀ᄒ며地中海를俯觀

行至黃昏에亞律士山頂을登陟ᄒ야白雲은斷續而歸山ᄒ고紅日은朦朧而浴水러니忽

ᄒ니皆森森薯氣와習習曉風이오晩景桑楡는依怖難認ᄒ니那番景象은許多感慨를生了

히知還倦鳥는寂寂無聲ᄒ고

케ᄒ는지라黯然一歔에下山嘆道ᄒ야日我가自幼讀書ᄒ야每常摩西가隱身沙漠ᄒ

며普處士가遯跡石岩ᄒ것을嘆息ᄒ야고時候에至ᄒ야고拍案大呼ᄒ야能히强隣의覊絆을

英雄이墜末路ᄒ것을嘆息ᄒ야고及再讀幾篇에他們이맛참能히强隣의覊絆을

脫ᄒ宮을見ᄒ야는喜悅愉快ᄒ이또身歷其境과如ᄒ더니我도또한當年에謀事未成ᄒ

야身投九死ᄒᆞᄃᆞᆫ時候를想ᄒᆞ긴뒤幾多後人의感慨을添了ᄒᆞᆯ것이오今日蒼天이墮慟ᄒᆞ사臨此熱誠ᄒᆞ심으로固有的山河를恢復ᄒᆞ며一生壯志를酬却ᄒᆞ얏스니ᄯᅩ幾多後人의愉快ᄒᆞᆷ을添了ᄒᆞᆯ지니最怕ᄒᆞᆫ것은我們鬚眉男子가頂天立地ᄒᆞ고國民의責任을盡ᄒᆞ며邦國의衰顔를挽ᄒᆞᆯ줄을知치못ᄒᆞᆷ이라若能知而實行ᄒᆞ면비록萬死를歷ᄒᆞᆯ지라도맛ᄎᆞᆷ니事成功就ᄒᆞᄂᆞᆫ日子가有ᄒᆞᆯ지니小々阻力과區々困境이엇지能히大丈夫를把ᄒᆞ야困死一生케ᄒᆞ리오詠歎之聲에忽然히黑雲滿野ᄒᆞ고風雨交馳라維霖惕露가見此情形ᄒᆞ고愁腸을結ᄒᆞ고無情ᄒᆞᆫ風雨를感ᄒᆞ야杞憂莫解에老病이忽生ᄒᆞ니偃息在床이抑鬱ᄒᆞ야延醫調理ᄒᆞ나偉人의歸天ᄒᆞᆯ時候가此時라藥石이無靈에氣息이奄々ᄒᆞ야日薄西山과如ᄒᆞᆯ지라雲時之間에糊言亂語로妻子를向ᄒᆞ야說道ᄒᆞ되我가救國救民ᄒᆞᆯ責任을已盡ᄒᆞᆯ了ᄒᆞ양스니天堂에登ᄒᆞ야快樂世界를做ᄒᆞ고人間烟火를不食이라ᄒᆞ더라嗚呼一聲에神佛이騰雲駕霧ᄒᆞ고來至床前ᄒᆞ야目迷氣斷ᄒᆞ야頹然死了ᄒᆞ니此時ᄂᆞᆫ西曆一千三百四十三年이오ᄯᅩ那元朝元統二年이라却說瑞士國人이維霖惕露의仙逝ᄒᆞᆷ을聞ᄒᆞ고男々女々와老老幼幼가牽聾引隊ᄒᆞ야備領悽哭ᄒᆞᆷ애人心이皇々ᄒᆞ야如喪考妣라議院의議員과朝日愛國黨의壯士가皆

換服穿素ᄒᆞ야乘卑白馬도有ᄒᆞ며徒走雜騎도有ᄒᆞ다가出殯ᄒᆞᆯ候의度ᄒᆞ야ᄂᆞᆫ滿路祭

儀에口碑載道ᄒᆞ야郊迎野奠이四方來觀ᄒᆞ니瑞士開國家로未有ᄒᆞᆷᄋᆞ로다噫라救圍

救民ᄒᆞᆫ英雄好漢은生有益于時ᄒᆞ며死遺名于後ᄒᆞ야芳名이震動天下ᄒᆞᄂᆞ니彼大富

貴人이엇지能히與他比美ᄒᆞ리오喪殯이旣華에亞魯拿가一班好漢과全國人民ᄋᆞᆯ率

ᄒᆞ고墓前에在ᄒᆞ야祭奠ᄋᆞᆯ行ᄒᆞᆯᄉᆡ倂히一張祭文ᄋᆞᆯ作ᄒᆞ야衆人이齊聲合口로大聲期

誦ᄒᆞ니其文의如左라

維紀元千三百四十三年月日瑞士國民等謹具犧牲酒體恭致奠于救國偉人維霖惕

露之墓前曰嗚呼痛哉我生不辰兮冢國多難宗社傾覆兮生民塗炭斯人不出兮夙夜

永歎誰恢復此瑞士兮脫奴隸于日耳曼鳴呼痛哉窮肉强食兮蠻屈求仲亂世識忠兮

天降偉人惟此偉人兮歷盡艱辛勞心苦骨兮陷脫强隣大平僅成兮郇葵厥身憶偉人

之立志兮蓍殺身以成仁今壯志之巳酬兮恢復舊國ᄲ拯斯民嗚呼痛哉古人欺我兮

曰仁者壽公乃吉人兮天胡不祐嘆同胞之徒食福于無窮兮恨不能長膽依左右公立

政體之共和兮其誰人之義後回烏黎而回首兮惟有山淸而水秀望伊人而不見兮祇

淚珠之滿袖鳴呼痛哉大厦經營兮一木難持壯士一去兮天同悲天柱易折兮風雨

凄共一人有慶兮兆民賴之嗟偉人之半生經營兮始達目的于斯時知公一死而無憾

60

兮已成萬年不朽之基惟天地之不情兮生死無常建大業而仙游兮ㅣ古留芳公之責

任其已盡畢兮于公胡傷具生芻兮 一束奠桂酒兮椒醬靈之來兮風雨壋埃颯兮盡

歸來乎故鄉大地兮茫茫神州兮蒼蒼獨立旗兮揚々自由鐘兮鏘鏘瑞士國民兮今睡

醒公如有知兮鑒此馨香嗚呼痛哉尙饗

朗誦既畢ㅎ고祭奠已能ㅐ各人이又各互相演說ㅎ되皆維霖惕露가自生至死에救國

救民ㅎ든大功勳을建立ㅎ야名香千古ㅎ것이再히國民을敎勵ㅎ야國政을整頓ㅎ것을

賛揚ㅎ야說話之間에不覺日夕일서遂握手而散ㅎ더라却說端士國의執政人員들이

維霖惕露夫世요後로부터他의千辛萬苦ㅎ야恢復此國ㅎ苦心을體ㅎ야國中政令을

留心整理ㅎ야精益求精에日見進步라後에瑞士國人民들이維霖惕露가前日避難殺

賊ㅎ든洞穴處의在ㅎ야一銅像을建立ㅎ고讚詞를鏤刻ㅎ야其功業을紀念ㅎ고每年生

死忌辰에到ㅎ며營菜人과備役人도皆停工休業ㅎ고遊賞地方에到來ㅎ야銅像에來

拜ㅎ나니是日路途之上에我往爾來ㅎ야各其祭物이絡繹不絶ㅎ니智慣相傳ㅎ야成爲

定例러라且鳥黎地方은瑞士發祥之地라國人이往此에結壇膜拜ㅎ고張燈結綵ㅎ야

衣香人影은不夜之天에同遊ㅎ고人傑地震은無窮之福을共享ㅎ논지라是時에或祭

瑞士建國誌

五十三

61

134 정치소설 서사건국지

品을 貢호며 或詩歌를 誦호야 人海人山에 笙歌達朝라 各處의 風景來覩者가 輪舶에 赴

호며 火車를 搭호야 寶馬香塵에 賞心樂事는 慶典賽會的 事ㅣ나 各國에 皆有호나라 旦瑞

士國이 共和立政호 後로부터 學堂을 多開호며 戱舘을 多設호나 民智가 大開호야 窮鄕

僻壤과 劇邑通都를 勿論호고 人人이 政治思想이 有호지라 每常議院을 開호야 事宜를

定奪홀時에 는 上中下議院議員을 無論호고 秉公辦事와 大小平權을 皆知호니 議論을

發호야 事情을 商酌호매 人情의 所好를 就호며 公理의 合宜를 審호야 從衆爲決에 井々

有條호야 絲毫不亂이라 隣國도 見호기에 他們이 一朝에 獨立起來호고 坐호야 能히 善

善綜호야 民權을 開拓호며 民慧를 平等이나 民政이 良호고 俗이 美호야 蒸々日進호니 居

然히 雄視萬邦홀 氣槪가 有호지라 皆畏敬起來호야 敢히 從前看待와 如히 他를 三等野

蠻이라 罵호며 他를 老大病國가 有호니 듯 說話가 一時에 冰消雪釋홀뿐더러 歐洲各國

과 地球萬國이 皆瑞士가 文明호 邦國이 됨을 讚美호야 互相往來의 結會立約호니 赤十

字會와 萬國公會와 萬國交通郵政에 皆瑞士國을 讓호지라 瑞士國內가 日々何處何國

에 對호야면 使舘保護가 有호고 他人의 亂來欺侮가 沒有호지라

야 진실로 夜不閉戶호고 路不拾遺호는 好處가 有호고 山川風景도 非常히 鮮麗호니 仙

境蓬萊와 如호야 歐洲의 第一幽雅호 地方이되나니 비록 亞細亞洲東方에 日本國의 山川

瓜景이 名勝種號가 有ᄒ나 또ᄒ 瑞士에 不及ᄒ지라 現下各國人이 地方에 遊賞ᄒᄂ者

ᄂ 開口에 瑞士國三字가 不離ᄒ니 可히 聲名이 通世界에 遍足ᄒ것을 見ᄒ지오 國民은

은 家給人足ᄒ야 各執其業ᄒ야 同居樂土ᄒ니 令人으로 一徑遊歷ᄒ야 其文明政治와

風俗人心을 見ᄒ면 皆賛羡不已ᄒ더라

隆熙元年八月

●印刷所

日印刷

大韓每日申報社

不許復製

定價金 拾五錢

五十五

64

瑞士建國誌

- 『서사건국지(瑞士建國誌)』
  박은식 역, 대한매일신보사 발행. 1907

여기서부터 영인본을 인쇄한 부분입니다. 이 부분부터 보시기 바랍니다.

윤영실

연세대학교 영문과와 서울대학교 국문과 대학원을 졸업하였고 현재 숭실대학교 한국기독교문화연구원 HK+교수로 재직하고 있다. 주요 논저로『육당 최남선과 식민지의 민족사상』, 「해적, 제국, 망명: 20세기 초 일본과 한국에 번역된 바이런의 『해적』(The Corsair)」, 「노예와 정(情)-이광수의 『검둥의 설움』 번역과 인종/식민주의적 감성론 너머」, 「세계문학, 한국문학, '정치소설'의 번역(불)가능성-임화의 『개설신문학사』를 중심으로」, 「동아시아 정치소설의 한 양상-『서사건국지』 번역을 중심으로」 등이 있다.

근대계몽기 서양영웅전기 번역총서 02

정치소설 서사건국지
: 빌헬름 텔의 스위스 건국담 국한문

2025년 4월 25일 초판 1쇄 펴냄

옮긴이 윤영실
발행인 김흥국
발행처 보고사

책임편집 이경민
표지디자인 김규범

등록 1990년 12월 13일 제6-0429호
주소 경기도 파주시 회동길 337-15 보고사
전화 031-955-9797
팩스 02-922-6990
메일 bogosabooks@naver.com
http://www.bogosabooks.co.kr

ISBN 979-11-6587-835-1 94810
      979-11-6587-833-7 (세트)
ⓒ 윤영실, 2025

정가 15,000원

이 책은 2018년 대한민국 교육부와 한국연구재단의 지원을 받아 수행된 연구임
(NRF-2018S1A6A3A01042723)